高等院校动画专业规划教材

ANIMATION
SCRIPT
WRITING

动画
剧本创作

李振华 主编

U0645659

ANIMATION

清华大学出版社
北京

内 容 简 介

　　本书从如何动手创作动画剧本的角度,有针对性地对剧本的构思、结构、情节、人物的塑造、剧本的语言、剧本的改编等问题进行了阐述,帮助读者掌握动画编剧的方法,为动画创作打下良好的基础,写出好的动画剧本。全书结构清晰,内容由浅入深、循序渐进、简明扼要、详略得当,案例丰富,有较强的针对性和实用性,符合学生学习特点和认知规律,方便教师教学与学生阅读。

　　本书不仅可作为本科院校动画专业、高职院校动漫专业等师生的参考用书,还可作为动画设计、动漫设计、影视动画、影视广告设计等专业人员和动漫爱好者的自学用书。

图书在版编目(CIP)数据

动画剧本创作/李振华主编.—北京:清华大学出版社,2019(2023.8 重印)
(高等院校动画专业规划教材)
ISBN 978-7-302-49911-4

Ⅰ.①动…　Ⅱ.①李…　Ⅲ.①动画片－剧本－创作方法－高等学校－教材　Ⅳ.①I053.5 ②J954

中国版本图书馆 CIP 数据核字(2018)第 055454 号

责任编辑:闫红梅　薛　阳
封面设计:文　静
责任校对:梁　毅
责任印制:宋　林

出版发行:清华大学出版社
　　　　网　　　址:http://www.tup.com.cn,http://www.wqbook.com
　　　　地　　　址:北京清华大学学研大厦 A 座　　　　　邮　　编:100084
　　　　社 总 机:010-83470000　　　　　　　　　　　　邮　　购:010-62786544
　　　　投稿与读者服务:010-62776969,c-service@tup.tsinghua.edu.cn
　　　　质量反馈:010-62772015,zhiliang@tup.tsinghua.edu.cn
　　　　课件下载:http://www.tup.com.cn,010-83470236
印 装 者:天津安泰印刷有限公司
经　　销:全国新华书店
开　　本:185mm×260mm　　　印　　张:9.5　　　　字　　数:233 千字
版　　次:2019 年 1 月第 1 版　　　　　　　　　　　印　　次:2023 年 8 月第 5 次印刷
印　　数:6001～7000
定　　价:29.00 元

产品编号:071707-01

前 言
ANIMATION

　　动画已成为当今时代的一种独特的文化形式,它不仅促进了动画文化自身的发展,而且已经成为视觉文化及大众文化发展的生力军。伴随着现代信息技术和文化产业的发展,动画产业在全球文化产业中扮演着越来越重要的角色,动漫产业已被誉为21世纪最具有潜力的朝阳产业。它在满足人们日益增长的精神文化需求的同时,已经成为一些国家的经济新支柱。

　　鉴于动漫产业巨大的经济潜力,我国大力地扶持国产动漫。2008年以来,国务院及地方政府陆续出台对动漫产业的优惠扶持政策,我国动漫产业得到了迅速的发展。虽然我国动漫产业起步较早,但是由于发展不够,与当今世界上很多国家(尤其是日韩、欧美国家)相比仍有较大的差距。近年来,外国动画片大量涌入中国市场,动漫产业化的运作模式也在促进着我国动画产业的发展,我国的电视台纷纷设立少儿频道,行业的发展十分广阔。

　　目前,国家产业扶持政策和行业巨大的市场前景,急需大量的动画行业从业人员,培养优秀的动漫动画专业人员成为动漫教育的当务之急。杭州作为动漫之都,已经在"动画"与"经济发展新引擎"之间架构立交桥方面做出了卓越的贡献,2015年第十一届、2016年第十二届、2017年第十三届中国国际动漫节项目金额和现场销售额分别达到148.46亿元、151.63亿元、153.28亿元。动画专业作为经济发展新引擎的人才输送地和聚集地,正在大力开展教育教学创新,以期发挥更为重要的作用。人才培养与专业的发展离不开教材的建设,因而加快配套的动漫教材建设也成为重中之重。

　　一部优秀动画片的成功,有很多相关的因素。无论从创作流程,还是从分析创作元素在影片中发挥的作用来看,剧本在动画创作中处于至关重要的基础性地位。单薄的故事内容、幼稚低龄的视点、简单说教的形式,这些是观众远离国产动画片的主要因素。而剧本作为最重要的前期准备工作之一,其从业人员水平高低、撰写剧本的优劣决定了动画成功与否。因此动画剧本创作专业人才的培养和培训显得尤为重要。

　　在当前的动漫教育中,有关动画剧本创作的教材不少,但大多数教材的论述都是对一些固有概念进行描述,对创作规律和技巧进行总结,致使在实际教学中学生仍旧不知道该如何下手,如何进行动画剧本的创作。本书内容包括动画剧本概述、动画剧本的构思、动画剧本的情节、动画剧本的故事结构、动画剧本人物的塑造、动画剧本的语言、动画剧本的改编、动画编剧的电影思维等。本书借鉴了动画剧本和影视剧作的一些研究成果,从如何动手创作动画剧本的角度,有针对性地对剧本的构思、结构、情节、人物的塑造、剧本的语言、剧本的改编等问题进行了阐述,帮助读者掌握动画编剧的方法,为动画创作打下良好的基础,写出好的动画剧本。

　　针对本教材内容,提出如下教学建议。第一,在教学方式上,建议在实施动画剧本创作课程教学过程中,学习借鉴知能课程的价值取向。知能课程是适应信息时代对人才的培养和高等教育大众化对高校课程改革的现实需求应运而生的一种新型的课程形态。在课程功能定位上,知能课程强调"能力本位";在课程内容的组织上,知能课程要求"知行并举"。能力本位是指把培养学生的职业适应能力作为课程的总目标,知行并举则更多地表现在组织课程内容时对待能力和知识的态度上。第二,在学习介质上,当前,纸质教材仍然有其存在的合理性和价值需求,尽管在其内容和定位方面会有重大转变或转移,但其形式不会消亡,具有不可替代性。同时需要结合实际,开展课程平台和教学软件的开发、应用、研究。将教材建设与课程建设紧密地结合起来。

本书由浙江商业职业技术学院的李振华策划、设计、统稿与编写。本书在出版过程中得到了清华大学出版社的帮助,在此表示真挚的感谢。另外,本书在编写过程中,阅读、参考了大量国内外相关专家的书籍、博客、资料或相关课件,并从中获得了灵感和启示,但未能在注释或参考文献中一一列出,在此特向这些参考文献的作者表示由衷的感谢!此外,限于作者学识,时间仓促,书中难免有不妥之处,诚挚地希望专家和读者批评、指正和帮助,以便改进和提高。书山有路勤为径,学海无涯苦作舟。愿此书能为动画剧本创作提供指引。

李振华

浙江商业职业技术学院

2017 年 12 月

ANIMATION Contents 目 录

ANIMATION

第1章　动画剧本概述

动画是使用各种技术所创作出来的活动影像。动画与电影、电视一样,都是基于视觉原理,它记录了连续运动图画形成视觉变化。而一部优秀的动画又是依靠动画剧本作为创作核心形成的综合性创作。动画编剧将生活、想象和美好结合在一起。动画编剧的任务就是将接触到的生活中的素材进行创造性的改造,并在改造过程中进行提炼浓缩,以此构思故事情节和屏幕角色形象。

1.1　动画剧本概述

1. 动画剧本的定义

一部高质量的影视动画,不仅要有流畅的画面,优美的旋律,紧凑的节奏,还要有吸引观众的题材、主题、人物、情节等元素。作为核心的动画剧本,其创作是动画创作中最为基础和关键的工作。剧本作者的想象力和创造力给动画注入了生命力,并构架整个幻想空间,带领观众进入一个美妙而合理的想象世界。

动画作品是一种视觉媒介,它把一个基本的故事戏剧化。它所打交道的是图像、画面、一个小片和一段拍好的胶片等。一个动画剧本就是由画面讲述出来的故事,还包括语言和描述,而这些内容都发生在它戏剧性的结构之中。编剧创作剧本需要化虚为实,将自己对场景、地点、背景音效、人物对白、人物动作等方面的思考用文字的形式具体地表达出来。

动画剧本作为一部影片的基础,决定着影片的成败,同时它也是一种文学剧本,属于影视剧作门类,一些基本理论也根植于电影剧作这个大框架之内。由于动画表现形式的独特性,决定了在剧本阶段,编剧就要针对这一特性去思考创作方向,把握创作思路,探究如何创作出更适合用动画方式表现故事的内容,从而把动画特有的味道和表现力最大限度地发挥出来。在故事整体构思、塑造人物形象、细节设计等方面,动画剧本都有着独特的创作规律。

一部影片是由编剧、导演、演员、摄影、美工、化妆、道具、剪辑等诸多艺术工作者集体创作而成的。剧本是由编剧撰写的描述影片故事内容的一种文学形式,是影片艺术创作的文本基础,是导演与演员等艺术工作者再次创作的根据。评价一部剧本成功与否的标准不是辞藻是否华丽,而是能否准确地表情达意。美国电影剧作家悉德·菲尔德在谈到电影剧本这一基本概念的时候,首先就强调"它既不是小说,也不是戏剧……而是由画面讲述出来的一个故事。它像名词——指的是一个人或几个人,在一个地方或几个地方,去做他或她的事情。所有的电影剧本都贯彻执行这一基本前提"。剧本确定了故事场景在读者脑海中的形象。如果说视听语言是一种特有的讲述故事的方式,那么剧本就是未来视听语言的一种文字表述。

2．动画剧本的重要性

剧本的形成是编剧在生活中积累素材、提炼题材、构架故事框架、描绘和刻画典型人物形象,并由此表达影片的主题和情感。动画剧本是动画编剧根据动画制作和表现的特点撰写的故事内容,它是动画导演和制作人员的工作蓝本,也是动画片取得成功的基础。

剧本创作作为动画制作流程的第一步,起着重要的作用。剧本的内容能够为以导演为首的制作团队提供动画制作思想和艺术表现形式两方面的信息。动画作品离不开这个基础。制作一部动画影片,首先就是从创作动画剧本开始的。下面介绍动画创作的流程。

动画的创作过程和方法的基本规律是一致的。以传统动画的制作过程为例,动画创作的流程可以分为总体规划、设计制作、具体创作和拍摄制作 4 个阶段,每个阶段又分为若干个步骤。

1）总体规划阶段

策划:动画制作公司、发行商以及相关产品的开发商,共同策划应该开发怎样的动画片,预测此种动画片有没有市场,研究动画片的开发周期、资金的筹措等多个问题。

文字剧本:开发计划制订以后,就要创作合适的文字剧本,一般这个任务由编剧完成。可以自己创作剧本,也可以借鉴、改编他人的作品。

2）设计制作阶段

角色造型设定:要求动画家创作出片中的人物造型。

场景设计:场景设计侧重于人物所处的环境,是高山还是平原,是屋内还是屋外,哪个国家,哪个地区,都要一次性将动画片中提到的场景设计出来。

画面分镜头:目的是生产作业图。作业图比较详细,既要体现出镜头之间蒙太奇的衔接关系,还要指明人物的位置、动作、表情等信息,还要标明各个阶段需要运用的镜头号码、背景号码、时间长度、机位运动等。

分镜头设计稿:动画的每一帧基本上都是由上下两部分组成的。下部分是背景,上部分是角色。背景和角色的制作分别由两组工作人员来完成,分镜头设计稿是这两部分工作的纽带。

3）具体创作阶段

绘制背景:背景是根据分镜头设计稿中的背景部分绘制成的彩色画稿。

原画:镜头中的人物或动物,道具要交给原画师,原画师将这些人物、动画等角色的每一个动作的关键瞬间画面绘制出来。

动画中间画:动画师是原画师的助手,他的任务是使角色的动作连贯。原画师的原画表现的只是角色的关键动作,因此角色的动作是不连贯的。在这些关键动作之间要将角色的中间动作插入补齐,这就是动画中间画。

做监:也就是质量把关。生产一部动画片有诸多的工序,如果某一道工序没有达到相应的要求,就会影响以后的生产工作。因此在每个阶段都应有一个负责质量把关的人。

描线:影印描线是将动画纸上的线条影印在赛璐璐上,如果某些线条是彩色的,还需要手工插上色线。

定色与着色:描好线的赛璐璐片要交给上色部门,先定好颜色,在每个部位写上颜色代表号码,再涂上颜色。

总检:准备好的彩色背景与上色的赛璐璐片叠加在一起,检查有无错误。例如某一张赛璐璐上人物的某一个部位是否忘记上色,画面是否干净等。

4)拍摄制作阶段

摄影与冲印:摄影师将不同层的上色赛璐璐片叠加好,进行每个画面的拍摄,拍好的底片要送到冲印公司冲洗。

剪接与套片:将冲印过的拷贝剪接成一套标准的版本,此时可称为"套片"。

配音、配乐与音效:一部影片的声音效果是非常重要的。可以请一些观众熟悉的明星来配音。好的配乐可以给影片增色不少。

试映与发行:试片就是请各大传播媒体或文化圈、娱乐圈、评论圈的人士来欣赏与评价。评价高当然好,不过最重要的是要得到广大观众的认可。

由上述可知,剧本的创作作为动画片的第一道工序,是整部影片的基础,是"一剧之根本",在影片的拍摄制作过程中起到基础性作用。一个电影导演可能用一部很好的剧本拍出一部很糟糕的影片,但绝对不可能用一部糟糕的剧本拍出一部很好的影片。黑泽明曾说过:"弱苗是绝对得不到丰收的,不好的剧本绝对拍不出好的影片来。剧本的弱点要在剧本完成阶段加以克服,否则,将给电影留下无法挽救的祸根。这是绝对的。无论拥有多么优秀的导演力量,也无论在导演时做了多大的努力,结果都无济于事……总之,一部影片的命运几乎要由剧本来决定。"

1.2 动画剧本的特性及内容

动画剧本在遵循一般影视剧本编写原则的基础上,由于自身所具有的高度假定性和制作工艺的特殊性,以及动画片在制作过程中与真人影视片的拍摄和表现之间的明显差异性,因此有着其自身特有的规律。

1.2.1 假定性

动画的世界里无奇不有,与其他影视艺术形式相比,它不受时间、空间、条件的限制,具有自己的逻辑,也就是说,在动画的世界里,一切皆有可能。

在影视作品中,假定性的表现范围十分广泛。例如,画面空间处理与时间的假定性,故事所在的时代和空间,角色的动作和说明性台词,暗示空间和时间变化的场景,对于角色的特殊的处理方式,利用观众对时间流逝的错觉扩大压缩与延展的幅度等。动画片是具有高度假定性语境的艺术表现形式。语境即言语环境,它包括语言因素和非语言因素。语言性语境指的是交际过程中,某一话语结构表达某种特定意义时所依赖的各种表现为言辞的上下文,它既包括书面语中的上下文,也包括口语中的前言后语;非语言性语境指的是交流过程中某一话语结构表达某种特定意义时所依赖的各种主客观因素,包括时间、地点、场合、话题、角色的身份、地位、心理背景、文化背景、交际目的、交际方式、交际内容所涉及的对象,以及各种与话语结构同时出现的非语言符号(如姿势、手势)等。

动画电影的故事环境和背景就是典型的非语言性语境,只有限定了语境,故事才能在这样的外部环境下有秩序地合理发展,这种非语言性语境又分为现实语境和非现实语境。现实语境主要依照现实生活的逻辑来建立故事的时空、事件和人物关系,角色基本遵循自然规律,角色的能力和我们普通人相去不远,如《狮子王》《樱桃小丸子》。非现实性语境是不按照日常生活的逻辑来建立故事的时空和事件,在这个空间里角色具有超越自然规律的能力,但是仍有他们自己需要遵守的规律与法则,如鬼魂现身说法的《哈姆雷特》、女巫预示未来的《麦克白》等。这些极度夸张以及怪诞的戏剧情境,具有鲜明的假定性。

1.2.2 造型性

与一般供读者阅读的小说等文学作品的创作不同,动画剧本不是让观众看的,而是供导演拍摄使用的,动画剧本的写作特征也是影视剧本的首要写作特点,即具有视觉造型性。

剧本的语言是展示而不是描写,不能对人物的思想感情加以描绘,不能替代观众对人物做出评价,要用视觉的构思方式讲故事,强调动作形态等的外化表现,具有画面感,也就是说所写的人物、环境、细节是能被展现在屏幕上的。用视觉元素呈现出的画面更丰富多彩,引人入胜,特别是儿童观众,更容易被直观、简单的多彩画面所吸引。

黑泽明说过:"一部好的剧本,很少有说明性的东西,要知道,用种种说明来替代描写这种偷懒的办法,是写剧本最危险的陷阱。"这表示"说明"某种场合的人物心理是比较容易的,但是通过动作或者对话的微妙变化来描写人物心理却要困难得多。

1.2.3 幻想性

幻想是动画的特征,动画剧本是运用动画特有的思维逻辑和语言来描述故事的。这种特有的超现实的幻想和想象思维方式,带给动画一个基本特性——幻想性。在动画片题材中,童话、神话、民间故事占了很大的比例,就是因为这些题材都是带有浓厚幻想色彩的虚拟故事。动画大师迪士尼说过:"动画片的首要责任就是把生活卡通化。"人们观看动画片的初衷是娱乐,同时想找到在现实中无法实现的有趣和单纯,这就要求故事创作要有充分的想象力。幻想是想象力的一种表现,是由个人愿望或社会需要而引起的一种指向未来的想象。

1. 奇特有趣的故事情节

在动画编剧者的笔下,幻想的人物在虚拟的世界里,往往会发生很多意想不到的事情。

无论什么素材,一旦进入动画剧本,就会以各种方式加入想象元素,如夸张的细节、人物的奇特遭遇、不可思议的巧合等,使平凡的故事焕发出新鲜的魅力。《怪物史莱克》(图 1.1)是梦工厂创作的经典动画片,讲述的是一个英雄救美的故事。长相丑陋但英勇的史莱克成功解救被困在高塔上的公主,并和公主相爱,最后终成眷属。剧情中有不少创意点,例如公主在晚上会变成一个怪物,所以她能够理解史莱克的行为,并且由于这样的共同点,他们在相处中产生了感情。故事的发展也超出想象,史莱克没有变成观众期待的高大帅气的王子,而是将剧中的公主变成了一个绿色的怪物,有情人终成眷属的结局没有发生改变,但是剧末的转折给整部影片添加了不少乐趣。《回忆点点滴滴》(图 1.2)中女主角妙子在 10 天的乡间假日中渐渐了解了自己,了解了生活,并由此找到了自己的意中人,改变了人生。现实中的女主角和回忆里小学时代的她在影片中交替出现,点点滴滴的回忆所展现出的是女主角的内心对朴素乡村生活的向往,画面和音乐真实地再现了 20 世纪 60 年代日本的农村,而在影片最后的高潮部分,两条时间轴上的女主角同时出现在一个画面中,暗示女主角遵从自己内心的呼声,做出了人生的抉择。

图 1.1 《怪物史莱克》

图 1.2 《回忆点点滴滴》

2. 风格独特的角色

在动画作品中,往往给人留下深刻印象的是那些风格独特、个性突出、表情生动的角色。这些角色,可能是人,也可能是动物或各种物品。无论是《怪物史莱克》里的史莱克,还是《龙猫》(图 1.3)中只有好孩子才能看到的 TOTORO,不仅给人留下深刻的印象,还大大延长了作品的生命力。在动画作品中,无论是人物、动物、植物,或者是被赋予了生命的任何物体,都有夸张而具有趣味性的外形塑造。如动画片《飞天红猪侠》(图 1.4)中的红猪侠就是充满幻想的角色。1920 年,地中海地区航行的船只经常遭受驾驶飞行艇的空中海贼打劫财物,而他们的克星,就是一位驾驶一艘红色飞行艇,以追捕空中海贼赚取赏金的意大利空军的王牌飞行员波鲁克,他中了魔法变成了一只猪,大家都称他为红猪侠。由于空中海贼曼马由特队被波鲁克打得抱头鼠窜、颜面尽失,因此决定找来美国的飞行好手卡地士对付波鲁克,双方最后进行了一场以荣耀、女人和金钱为赌注的空中对决。

图 1.3 《龙猫》

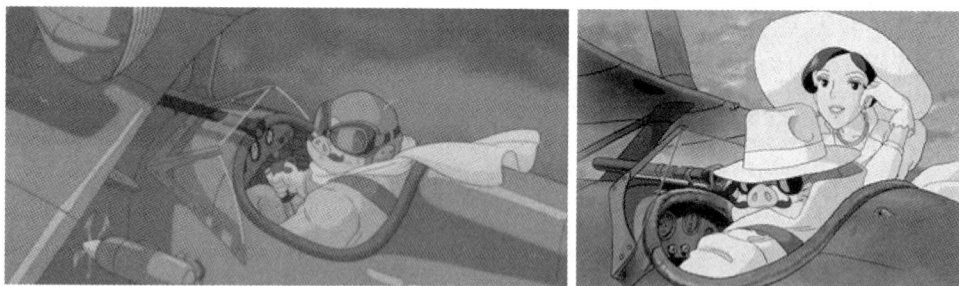

图 1.4 《飞天红猪侠》

3. 奇幻色彩的幻想空间

动画具有强大的技术优势,它的视听表现力远远大于其他影视作品,于是创造出许多梦幻般的视觉盛宴,如空中造型奇特的飞行物,绿洲上千奇百怪的动植物,地面上造型奇异的怪兽,水底充满奇幻色彩的生物……给观众带来具有超级震撼力的视觉享受。经典动画片《大闹天宫》(图 1.5)剧本中关于美猴王龙宫借宝这一部分的海底龙宫场景的描述是这样的:"美猴王跳进碧波之中,向前游去,只见重楼叠阁,都是珊瑚、水晶装砌而成。突然,礁岩之后闪出二将,手执兵器拦住去路,大喝道:哪方的妖精! 来此何事?"《虫虫总动员》(图 1.6)中大甲虫的公共汽车,萤火虫的红绿灯,酒吧里各种酒客,形成一个繁华的昆虫都市。《海底总动员》(图 1.7)里湛蓝海洋中满是红色鱼卵的小丑鱼的家,在海水中轻轻舞动的犹如花瓣一样柔软的海葵,五光十色的鱼群,上百个半透明粉红色的水母,打造了一个无比美丽的海底世界。

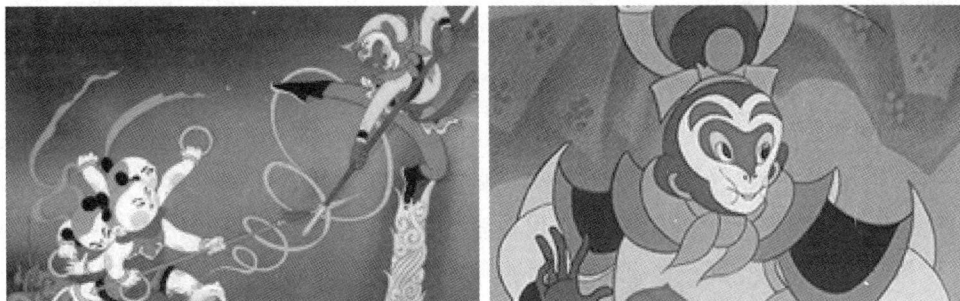

图 1.5 《大闹天宫》

图 1.6 《虫虫总动员》

图 1.7 《海底总动员》

1.3　动画剧本的类型

动画以播放媒介划分可分为电影动画、电视动画、动画短片、动画广告、手机动画、游戏动画等,每种类型的动画片都应遵守剧本创作过程中一些通用的规律。由于播放媒介的不同,视听感受的不同,诉求的差异性以及观众细分等因素,各种类型的动画片都具有自身特点,编剧必须熟知这些特点。

1.3.1 电影动画剧本

动画剧本可以分为商业性和艺术性两种不同的剧本创作。电影动画片作为商业动画片的一种,更加关注市场的需求。它符合商业运作的创作技巧和创作规律,而不是按个人的意愿发挥。电影动画片有着精良的制作和强大视觉冲击的画面,以及完善的后期效果和配音,使得它在电影市场深受欢迎。如《功夫熊猫》(图 1.8)、《闪电狗》(图 1.9)等都是电影动画片的成功代表作。动画电影又分为剧场版和原创动画电影两类。剧场版动画电影取材自同名电视动画的电视版或者 OVA 版(原创动画录影带),剧场版动画电影制作成本与投资、人力都高于 OVA 与电视版动画,画工也极尽可能的豪华,不论在动作的流畅度还是在使用分色数等方面,都可以明显地看出与前者的差别。原创动画电影是为了在电影院播放而制作的动画片,没有相关内容的动画在电视中播放过。剧场版属于动画电影,而动画电影不一定就是剧场版。如果一部动画在一定时间内比较流行,那么商家通常为获得更大利润,与电影公司合作制作剧场版。拍成剧场版动画后,剧情较原来动画思路更广阔,更具可看性。如国产原创系列电视动画《喜羊羊与灰太狼》(图 1.10)反响比较好,后来连续推出了多部剧场版动画电影。

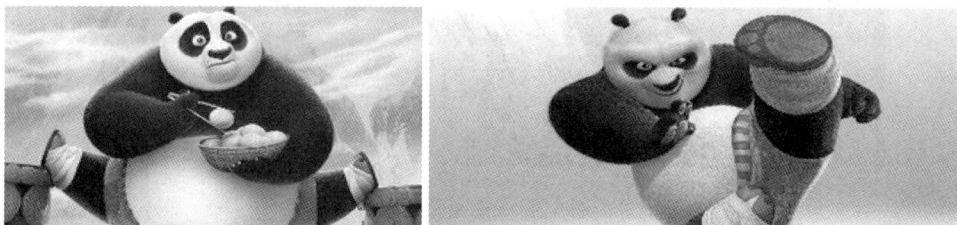

图 1.8 《功夫熊猫》

图 1.9 《闪电狗》

随着时代发展,电影动画开始寻求更强烈的逼真效果,从迪士尼尝试真人动画(如《南方之歌》)和模拟动画(如《圣诞惊魂夜》)等,到计算机技术运用于动画领域的 3D 计算机动画,电影动画的视觉表现不断增强。通过增强的技术将人物形象表现得更加具体生动,并

图 1.10　《喜羊羊与灰太狼》

且其在剧情方面有较大改善,并不局限于低领层面。如迪士尼公司出品的《狮子王》,当太阳从水平线上升起时,非洲大草原苏醒了,万兽群集,荣耀欢呼,共同庆贺狮王木法沙和王后沙拉碧的小王子辛巴的诞生,百兽朝拜的场面宏大壮观;野牛在山谷中狂奔的场面极具视觉冲击力,令人紧张。《埃及王子》在表现高潮部分摩西过海时,视觉上是摩西用神杖将红海分开时的神奇与震撼,同时响起的曲子大气磅礴,视听达到完美的结合。电影动画可以供所有仍具有童心的成年人观赏。这个突破,将电影动画的定义进行了拓展和延伸,使得动画的核心精神——童趣、烂漫和想象力传达得更为深远。

《百变狸猫》(图 1.11)讲述的是一群住在东京附近的狸猫想利用类似障眼法的幻术,如身体可以变成任意形状,或者把树叶变成钱这种幻术吓唬人类,借此使社区新建工程搁置,保住森林,还自己一个美好的家园。当孩子被故事中狸猫肥嘟嘟的体形、练习幻术时的憨态、吓唬人类时恶作剧般的整蛊、百鬼游街的奇幻所吸引笑得前仰后合的时候,成人则对剧中人类大量毁林开荒、扩建城市生活区而对动植物生态环境造成的破坏问题引起深思。

图 1.11　《百变狸猫》

电影动画剧本的特点如下。

(1)有张有弛的故事节奏感;

(2)戏剧化的矛盾冲突;

(3)极具视觉化的大场面情节。

1.3.2 电视动画剧本

电视动画片在电视媒体上播出,单集的长度一般分为 5min、7min、11min、22min,可分为连续剧和系列剧两种。连续剧中主要人物和情节是连贯的,如《海贼王》《火影忍者》《蜡笔小新》,日本电视动画多为此类;系列剧的主角基本不变,贯穿全剧,但是故事本身并不连贯,每一集都是一个独立的整体,集与集之间没有内容上的联系,如《猫和老鼠》《非凡的公主希瑞》等欧美动画片。连续剧相对故事容量较大,有良好的故事展开空间,利于设置悬念铺垫情节,对多线索的故事、复杂的人物关系是很好的展示平台,但是要求故事在每集结束时留下必要的悬念,以引起观众连续观看的兴趣;系列剧每集时间有限,很难在短时间内做到开端、过程、高潮、结局的全方位展示,因此故事要求简洁、明快、直抒胸臆。

电视动画片主要是在家中观看,对象大多为 3~18 岁的观众,从年龄上划分可以分为低龄幼儿、少儿、青少年三种。幼儿对事物的认识是感性的、具体形象的,注意力集中时间比较短,幼儿还总是用"儿童独特的眼光"来看待事物及其关系,对事物及其关系的解释具有"人为的"和"万物有灵论"的色彩,相信每一件东西都是由人所创造的。他们还相信自然界的事物像自己一样,是有生命、有意识、有意图和有情感的。因此针对该年龄阶段的观众,剧集多选用 5~11min 的长度,人物主要以拟人化的动物为主,故事情节简单、画面色彩绚丽明快、语言简洁明了,如《巴巴爸爸》(图 1.12)、《海绵宝宝》(图 1.13)、《天线宝宝》。少儿开始独立思考,具有很强的模仿意识,思维从具象的感性思维向抽象的理性逻辑思维过渡,男女性别的喜好差异开始逐渐显现。针对该年龄阶段的观众,剧集多为情节紧张刺激,有一定的逻辑性,人物造型优美,内容富有一定的哲学内涵,如《蓝精灵》《蝙蝠侠》《名侦探柯南》等。青少年善于思考、求知欲强,接触的范围开始变大,生理的成长与思维的进步相结合,使得青少年更加注重于周围世界的认知,可以算是对生活的世界进行构建,会形成相对成体系的世界观、人生观。因此针对他们的电视动画片多是幻想奇妙、富有哲理的,如《虫师》。

图 1.12 《巴巴爸爸》

电视动画剧本的特点如下。

(1) 第一集中主人公要全部出场,并通过一定的情节、习惯动作、口头禅的方式塑造人

图 1.13 《海绵宝宝》

物,使人物个性鲜明,并贯穿于整个剧集之中。例如,《聪明的一休》中讲述在室町幕府时期,曾经是皇子的一休不得不与母亲分开,到安国寺当小和尚,并且用他的聪明机智解决了无数的问题。

(2) 故事具有拓展性。电视动画篇幅很长,如《灌篮高手》101 集、《圣斗士星矢》114 集、《哆啦 A 梦》500 集、《名侦探柯南》917 集。连续剧剧集前后有承上启下的关系,注重情节的起承转合,如《灌篮高手》中樱木花道加入湘北篮球队,在和死对头流川枫的合作下取得县大赛、全国大赛的胜利,每一集都把故事向前推进。系列片强调人物,淡化情节,重细节,情节模式化,集与集之间不存在逻辑关系,如哆啦 A 梦是一只来自未来世界的机器猫,它用自己神奇的百宝袋和各种奇妙的道具帮助大雄解决各种困难,每一个困难就是一集。

1.3.3 动画短片剧本

动画短片是指长度在 30min 以内的单集动画片。这类动画片在思想观念、创作理念和表现形式、手法上追求创新和积极探索新的表现形式;在主题和精神内涵上强调自我表达,传达作者对人生、对世界特有的思索;在内容和叙事上常常诗化、散文化、抽象化,讲述的不是一个完整的故事,甚至没有故事,只是表现线、光、色的变化,寻求由变化所产生的节奏美感,如列恩·利尔的《色彩的呐喊》、诺曼·麦克拉伦的《色彩交响曲》;形式上尝试各种新材料,如陶瓷、泥土、铁丝、剪纸、皮影、水墨、折纸等,如《牧童》《哆基朴的天空》《济公斗蟋蟀》(图 1.14)。

图 1.14 《济公斗蟋蟀》

动画短片一般无须考虑市场回报的问题,作者可以毫无约束地展示自我,在创意、主题、思想等方面具有独特的优势,可以将人生命运的思考、人性善恶的探究、人与人之间的关系等哲学问题作为主题。故事简洁明快却细腻精致,主题思想鲜明而集中。匈牙利动画短片《苍蝇》(3min 8s),从苍蝇的视角讲述野外生活的苍蝇无意之间闯入人类的居所,房屋却成了它无法逃离的樊笼,它面临着生存的危机——人类的捕杀,最终苍蝇还是没有逃离死亡的命运。作者用发黄的色调与素描风格搭配,主观镜头表现压抑的氛围,都很好地表达了对命运无法自主的悲悯。《摇椅》(15min)(图 1.15),通过一把摇椅见证了一个家庭的历史和社会的变迁,摇椅没有做拟人化处理,故事也没有滑稽可笑的喜点,但观众内心都会感受到作者对温馨家庭生活的热爱和对现代社会发展的反思。

图 1.15 《摇椅》

《摇椅》的作者雷德里克·贝克说:"我的作品和其他动画片都应该富有思想。现在很多动画片都缺乏思想,缺乏美好的创意和想象力。我传达出思想,让人们去思考和去做什么。"

1.3.4 动画广告、游戏动画、手机动画等新动画形式剧本

新媒体技术的发展和应用,为动画创作找到了新的展示平台,新颖生动的动画广告、交互仿真的游戏动画、短小快捷的手机动画各有特色,但总的来说这三类动画轻松愉悦、短小精干,在有限的时间和容量(手机动画受到流量的限制)里主题明确、冲突突出。例如,美国红十字会的动画广告,色彩简单但不失精彩,《最终幻想10》画面精美。

1.4 动画剧本的5大要素

1.4.1 观看剧本的对象

观看剧本的对象是指动画片制作方,具体地说就是实际参与画面绘制的人员。作为动画编剧,一方面要清楚画面绘制人员是怎样的人,其欣赏水平及对文字的敏感度有多强。例如,给一个在不下雪的地方生长的人安排完成一个"雪花飘飘"的场景,他没有切身体验,

找不到那种感觉,即使找一些参考图片进行创作,但画出的雪的意境在北方人眼里仍旧是有一定差距的。另一方面,要讲求绘画团队的配合性。因为一个人配合整组的绘画团队绝对比整组人员配合一个人的效率高得多,良好的团队在理解和沟通上的成功使得每个人都能很好地表现编剧意图,保持风格的一致性。

动画编剧一定要懂得动画的整个制作流程,甚至对动画的一些相关技巧与工具也要非常熟悉,这样才能创作出适合动画人员发挥的剧本。例如,二维动画片可以实现人物的复杂动作及绚丽的画面,在同一画面上人物众多和多人同时动作等复杂效果都较难以实现,因此要避免大场面和多人动作。二维动画更注重画面感上的夸张,鸡飞蛋打,跳楼撞墙,凡是你能想到的,几乎都可以从动画上表现出来。三维动画在表现上就更加严谨和扎实一些,有些夸张可以用在二维动画中,三维动画却无法表达。但是三维动画同样有其优势,因为三维动画更接近真实,更加能表现影视美学的写实震撼效果,这是二维动画无论多精美都无法匹敌的。

动画编剧撰写的剧本要有画面感,因为传统的剧本着重在故事与对白,而动画的剧本则是在画面表现上,最好是能将画面中所希望呈现的感觉与动作,以及处理方式与镜头都写进去,那么剧作者就必须要有一定的视听语言知识。

1.4.2　根据准确的市场定位撰写

因为受众年龄不同,所以他们需要的作品也不同。同样是看待、思考问题,成人和儿童有着不同的视角。对有些问题,儿童可能弄不明白,例如,成人之间复杂的人际关系,或经济生活带给人的巨大压力。而对有些事情的考虑,儿童的思维则比成人更加活跃,更有想象力,例如,英雄会有怎样神奇的力量,生活里会有多少令人兴奋惊喜的奇迹等。因此,针对儿童的动画片,情节要简化,多转折。儿童的注意力集中时间比较短,每30s~1min就给他们一个惊喜,每3min给他们一个大惊喜,这样他们才能坐得住。3~6岁的幼儿注重卡通人物的造型、肢体语言,故事要求简单明了;少年通常期待动画角色机智有绝招,故事线索清晰有趣;青少年喜欢有推理的故事情节,画工精良的画面;成人则强调在影片的娱乐性和故事的新颖性基础上具有良好的视听感受。针对这些特点撰写的影片才能得到观众的认可。

1.4.3　用简单的故事描述复杂的剧情

随着现代社会的发展,人们的生活节奏变得越来越快,精神压力逐渐增大,在学习工作之余想彻底地放松一下,看影视作品尤其是动画片主要是以娱乐为目的。所以很少有观众喜欢复杂的故事情节,过于复杂的情节不但给观众造成了极大的心理负担,而且丝毫没有趣味性可言。

例如,《怪物史莱克》的剧情就是单纯的救公主,但它以"与传统思维相反"的剧情不断地给观众带来思考模式上的冲击,许多观众在看完该片后对其有趣的故事情节大加赞赏,而并不是对其故事本身的称赞。其实这样的剧本就是最好的动画剧本,让观众获得他们想要的剧情却不是复杂的故事包装,让他们看影片的同时精神得到很好的放松,而不是绞尽脑汁的费解。

就大多数动画影片来看,动画片故事相对于其他类型的影视作品,主线过程更为简洁明确,故事框架更强调内在的戏剧化的冲突,注重笑点的安排。这有点儿像真实形象转化成动画形象的过程:一些琐细的枝蔓线索被精简掉了,而对象的细节特征则被夸张强化出来。

1.4.4 剧本的市场价值

美国动画片中的"超人"是现实生活中不存在的形象,没有时空的背景与时间的限制,是一个永远循环的影集。他万夫莫敌,在孩子们心中留下了深刻的印象,就是这种现实生活中没有的形象,增加了商品在货架上被孩子选取的机会。而日本动画片中主人公往往都能"变身"和拥有一定的"法宝",从早期的哆啦A梦、变形金刚到现在的游戏王、神奇宝贝等都是这样。孩子们对于自己也能"变身",能将玩具变成神奇宝贝的这些想象,就是由于一再重复"变身"和"法宝"从而达到深入人心的效果的,这也正是商品化的关键。

从上面的例子中可以看出外围商品的重要性。例子中的"超人",以其简单而又低成本的"变身"和"法宝"就是这类商品,从中也可以看出外围商品是怎样被顺利带动的。剧本的市场价值就是它所能带来的商业利益,而影片放映的最大回收利益是外围商品,而不是常说的票房,这是所有动画制作人都应清楚的一点。

编剧的创作遵循了"故事环绕着某种特定的商品而不断重复出现或有顺着故事出现的新商品的规律",所以编写时要确定它的和谐性以及相关商品开发的可能性。

1.4.5 剧本的黄金比例

"爱情、友情、智慧、勇气与运气"不仅构成了优秀动画剧本的基础要点,而且在优秀的影片当中扮演着经久不衰的角色。众所周知,从青年到孩童的卡通影集,基本上是由这5大元素组成的。

从故事情节的安排上来看,黄金比例最经典的例子就是"幸运总会垂青于男女主角,在他们最危急的时候,幸运之神悄悄降临,帮助他们渡过难关";最常见的是"女主角对男主角痴迷的爱情在最终的努力下变成现实,有情人终成眷属;朋友之间总是有无穷的力量使他们互相帮助,从前势不两立的对手最后也变成亲密无间的朋友,胆小的男主人最后变得勇气可嘉,男女主角在紧要关头灵感突发等"。在爱情、友情的主题下,智慧、勇气、运气在其中起到衔接的作用。而在比例上需要把握的是年龄层越高爱情越多,相反,年龄层越低友情越多。因此编撰剧本时要积累经验,元素的搭配要与目标市场相符合才行。

小结

本章重点讲授了动画剧本有关的基础知识,了解动画剧本的特征及内容,使大家对动画剧本有一个全面的了解和认识,为以后的动画创作打下良好的基础,明确以后的学习方向和目标。

实训练习

1. 从动画剧本的特点及其类型入手,分析判断一则故事改编成动画剧本的可能性。领会剧本故事选择性的标准。

2. 查找各类型的经典动画剧本一篇(电影动画、电视动画、动画短片、动画广告、手机动画、游戏动画),简单分析其中的 5 大要素。

ANIMATION

第2章　动画剧本的构思

在编写剧本过程中，往往要经历这样几个阶段：确立故事创意、编写故事梗概、提炼剧本大纲和撰写剧本。故事创意阶段，要有一个基本的包含浓缩的完整故事的构思，并且标明故事的主角，包括构成故事的冲突——发展——结局。编写故事阶段，将上述提到的基本故事构思扩展成一个叙事大纲，其中含有大量的细节，并且有明确的故事发展情节。提炼剧本大纲阶段，撰写分场提纲，即撰写影片逐场所叙事提纲，主要用于控制节奏和速度。撰写剧本阶段，依据前期准备撰写剧本初稿，逐步修改，直到最后定稿。这4个阶段包含一个剧本的完整创作过程，即从素材的收集、题材的确立、主题的提炼、搭建故事框架到逐渐丰满完成的全部过程。

2.1　动画剧本的素材

素材是剧本的基础，剧作者掌握的素材在故事创意阶段决定了写一个关于什么的故事？写的故事材料来源于哪里？电影电视作品，都是用视听语言叙述一个故事，这个"故事"最初的来源就是素材，这是剧本的基础素材。"素材"一词来源于拉丁文 materalis，意为"物质的"，也作原料、资料等意。作为动画剧本的"素材"，是指作者从现实生活中收集到的、未经整理加工的、感性的、分散的原始材料。这些材料为动画剧本的创作提供了基础和源泉。

2.1.1　素材的来源

素材的收集是对每位创作者自身素质的一种考验，掌握素材收集的方法有助于我们的创作。美国剧作家悉德·菲尔德将收集素材的方法分为三种：一是个人生活体验；二是个人采访；三是文字与实物资料。

1. 观察生活，记录生活

素材是生活中的点滴积累，水滴石穿。一个用心感悟生活的人，总是有故事可以述说的。艺术灵感不是凭空创造的，它需要不断地积累。过去，有些人喜欢以日记的方式，记录生活见闻，写下个人的感受。现在，很多人利用网络平台，通过博客、微博等形式，展现生活中的喜怒哀乐,探讨评论全球各地的奇闻逸事。这种娱乐方式,也可以成为我们积累创作素材的一种途径。只有以大量素材为基础,灵感才能源源不断。老舍的作品中散发着浓郁的北京气息,人物的服饰打扮、饮食、风俗等都是基于他的生活经验,因此老舍的小说又被誉为"京味小说"。池莉小说中的故事大都发生在武汉,对于武汉,池莉说:"我是它的,它是我的;我是它土地上的一棵小草,它是我永远的写作背景与我探索社会的一面永久的窗口。"

作为动画编剧,要在观察生活的基础上以更多的童心去揣摩周围的事物。动画片可以给生活中所有的事物(既包括富有生命的动物,也包括花草树木、各类物品等)都赋予它们生命与人类丰富的情感。生活的积累是长期的、多方面的。随时记录看到的有趣的事情,无论是抽象的,还是琐碎的,这些都是编剧所需要的情节基础。记录梦境,开发想象,也是观察生活的一部分。梦境是我们无意识的想象,也是我们创造力的表现之一。人们常说:"日有所思,夜有所梦",它是推开艺术创作的一扇门。

2. 加强阅读,加强收集

除了对生活的观察以外,借鉴他人的经验同样十分重要。在直接经验不够用的时候,我们应该多看一些文字资料,通过对间接经验的吸纳,丰富自己的见闻。编剧要加强对小说、杂志等其他文学或艺术作品的阅读和研究,以熟悉和了解更广阔的内容,获得更多的素材和创作灵感。例如,将经典戏剧《哈姆雷特》的故事植入非洲大草原的狮群形成的动画电影《狮子王》(图2.1),由《黑客帝国》的异想世界发展而来的《黑客帝国动画版》等9部动画短片,以及现实题材《回忆点点滴滴》,这些动画片都是在小说、戏剧、电影等艺术作品中吸取营养,激发了创作灵感。

图2.1 《狮子王》

动画片《回忆点点滴滴》(又叫《岁月的童话》)是一部由漫画改编的动画电影,漫画本身并没有太多的兴奋点可以电影化,但是导演在其中加入原创要素,以追忆过去日本60年代的小学往事为主,将支离破碎的小故事通过回忆串成一气。同时,为了力求真实,电影通过现实细致的描写手法,真实再现了过去的社会背景、风气、流行事物等。虽然背景不尽相同,但小学生的往事总是惊人的相似,每个人或许都能在这部片子里找到往昔的回忆。

3. 实地考察,个人采访

在条件允许的情况下,对人物原型和故事发生的地点等进行个人采访和实地考察也是素材积累的重要途径。例如,《草原英雄小姐妹》(图2.2)的主创人员,为了了解大草原上牧民的生活习惯,亲自来到内蒙古,体验当地人民的生活。动画中生动的场景,独特的民族服饰都给我们留下了很深的印象。

图2.2 《草原英雄小姐妹》

其实动画片的素材是包罗万象的,可以说,各种类型的事件、文学作品,都有被拍成动画片的可能性,只不过处理素材的方式和切入的角度有所不同。山田洋次认为:"素材可以说到处都有,在这个世界上只要有人生活的地方,就会有新素材不断涌现出来,而且无须到阿拉斯加或者非洲之类特别的地方去找,在人们日常生活当中就有不少。当你在自己的房子周围散步时,或者注意一下自己家里的人,甚至仔细观察一下自己,都可以找到许多素材。"

2.1.2 素材的加工

动画剧本是一个不断修改、调整乃至推倒重来的不间断的过程。素材的加工主要是指素材的提炼与展开。素材中包含的故事往往能反映不同的主题,随着视角的不同,侧重点也不一样。每一个看故事的人都在故事里进入了一个新的"虚构世界",他们设身处地地去体验那些初看起来似乎并不同于自身,但其内心却和他们息息相通的另一个人的生活,并在这个虚构的"现实"中,寻找他们自己的身影。因此,剧作者要构建一个合理的虚构世界,并从掌握的一些"事实"或"事件"中提炼出合理的"真实",让这种"真实"感动自己、感动别人。因此,选择准确的表现角度切入是剧本创作的基础。

1.侧面表现

侧面表现是掌握的素材在受到限制、需要寻求突破和新的出路时选择的表现角度,可用较小的角度去表现相对较大的容量,达到以小见大,"窥一斑见全身"的效果。例如,动画片《小马王》(图2.3)是一个角度新颖的冒险故事,主角是一匹住在美国西部,名叫斯比瑞特的野马。当人类文明侵入它的世界,虽然它被迫面对各种挑战和障碍,但是却凭着高贵的尊严和无畏的勇气克服重重难关,勇敢地捍卫它自己和它族群的自由。《小马王》由一匹马的角度来俯视西部开发的精神,从中人和马成为莫逆之交,而小马王在过程中也找到自己的伴侣,这正好反映了年轻人由无拘无束到接受责任羁绊的成长历程,另外更带出了人类与动物共同创造出和平的生存空间。在众多的以"二战"为背景的影视剧中,《风语者》《决战中的较量》等均是以战争中的个体——战士的视线去观察,从小角度表现战争的残酷;而作为动画片的《再见萤火虫》在其中占有一席之地,它并非直接描述战争,但它丝毫不逊于气势恢宏的战争电影片所展现的战争的残酷性。它以"二战"结束前后的神户周边为舞台,描写父母双亡的兄妹二人清太和节子艰难求生的悲伤故事,从平凡弱小的普通民众入手,通过战争中平民的遭遇控诉战争的罪行。

图 2.3　《小马王》

2.正面表现

正面表现是直截了当地将所要表现的内容展示于观众面前,易于观众的接受和欣赏,尤其在表现一些重大的历史事件和生活事件时一般会采用这种形式。例如,影片《虎!虎!虎!》和《珍珠港》(图 2.4)均以日本空军偷袭珍珠港事件为背景,且忠实地呈现了日军攻击珍珠港的始末。日本天皇决定要展开攻击,但美军高级将领却不把这当成一回事。他们虽然拦截了日军的通信,但却把这项重要消息压了下来,甚至对雷达上的警讯也视而不见,连发现日军强大的海军舰队逼近珍珠港时都未警觉到事情的严重性。最后珍珠港事件终于爆发,美军在毫无戒备的情况下,损失惨重,太平洋舰队几乎全军覆没……但影片表现角度差异很大,前者从一个极其客观的角度来拍摄这段惊心动魄的历史,影片没有过多的艺术修饰和点缀,也没有太多塑造人物的情节,有的只是整个历史场景的真实重现和事件爆发前日美双方在外交、军事及情报上每一步的发展;后者则以战争中个人的生活和战争之间

图 2.4　《珍珠港》

的关系为叙述出发点,把战争所导致的三个人之间的爱情纠葛与残酷的战争场面相结合,将战争和爱情这一永恒话题连接起来,控诉了战争的罪恶,表达了对爱情等世间美好事物的向往。但是,一般来说,这种正面表现并不仅限于事件本身,有的作品侧重于外在的事件,有的作品侧重于角色的内心世界和情绪的表达,后者更易于打动观众。

2.2 动画剧本的题材

2.2.1 题材的定义与分类

动画是用视听语言叙述一个故事。这个故事最初的来源就是素材、题材。素材和题材之间既有区别又有联系。素材是未经过编剧加工的原始材料或生活积累。题材是经过了编剧加工的素材。例如,《狮子王》这部动画片最初的素材就是莎士比亚的喜剧《哈姆雷特》,而编剧把故事的背景换到了非洲草原,并且通过去非洲考察收集了当地一些风土民俗作为辅助素材,对这些材料进行加工之后,变成了以草原上狮子家庭情仇兴衰为主要线索的故事,这个剧本所采用的题材和原作既有相同的地方又有区别。题材和主题一起构成作品的内容。从这个意义上说,题材是服从主题需要的素材。广义的题材指剧本所反映的内容、性质和范围。因此,题材按照不同的标准分类,有不同的分类结果。一般来说,题材分为 4 大类: 现实题材,古典题材,幻想题材和实验题材。如表 2.1 所示为题材的分类。

表 2.1　题材的分类

题　　材	类　　型	例　　子
现实题材	生活	《我为歌狂》
	喜剧	《丁丁历险记》
	励志	《机器猫》
	传奇	《熊出没》
	讽刺	《没头脑和不高兴》
古典题材	历史	《九色鹿》
	神话	《大闹天宫》
	古典名著翻拍	
幻想题材	童话	《舒克和贝塔》
	魔幻	《铁臂阿童木》
	科幻	
实验题材	原创类	《夏》
	改编类	

这些分类是相对的,不是绝对的,很多选题往往是交叉的。一个历史故事,也可以同时是励志题材。需要根据素材和主题的特点选取合适的题材。

2.2.2 题材的选择

由于素材的多样化,导致题材的多样化,而只有多样化的题材才能够满足不同受众群体的需要。动画剧本的创作要构造故事,凝练主题,塑造人物;要设置悬念,推敲对白,引导情绪;要有高潮,有节奏,有趣味等。动画题材的选择一般含有"能否化约成人物、场景(故事发生的时间和地点)、情境及有首有尾的事件"的要素。

1．题材的选择应考虑不同年龄层次观众的接受程度

动画是文化传播的重要手段,题材能否被观众接受非常重要,尤其是在商业片追求收益的基础上,要在前期编创阶段充分研究受众的年龄层次和年龄特征。只要能够抓住观众的需求,生活的脉搏和灵魂,采用适当的动画形式风格,使用表现日常生活的现实题材,一样会受欢迎。如台湾 3D 动画短片《立体悲剧》、粘土动画《给母亲》。日本的《灌篮高手》是一部以校园故事为背景、以体育运动为表现题材的动画片。影片成功展现了一个活跃在观众眼前的热气腾腾的赛场,一群追逐理想、充满热情的青春少年,同时还穿插着少年们朦胧羞涩的爱恋,散发着活跃、轻松、健康的青春气息。这类题材的影片无论是生活方式和心理状态都贴近同龄人,因此受到青少年观众的欢迎。

2．题材的选择应考虑动画媒介的影响

动画片类型众多,根据传播媒介的不同,主要划分为影院动画、电视动画、网络动画短片等。不同类型的动画选题不尽相同。随着动画技术发展的突飞猛进,动画剧本的内容越来越多元化,动画形式也越来越多,有二维动画、三维动画、粘土动画、折纸动画、剪纸动画等,各种题材、故事都可以找到与之契合的动画形式来表现。

3．题材的选择应注意正反面题材的合理使用

动画作品的本质是通过艺术的演绎,鼓励人们追求真实、善良和美好,这也是很多动画大师的初衷,更是动漫工作者的出发点。很多动画制作人和专业学生一直都是动漫的忠实"粉丝"。因此,动画剧本的选题应该本着正面教育的态度,合理地赞扬或批评,褒贬适度。避免因为盲目地追求另类、与众不同,而一味地负面批判。动画作品中的批判是讲技巧、讲艺术的。

4．题材的选择应符合不同地区和民族的文化特征

要发展本土原创动画,必须尊重和学习地区和民族的传统文化,充分了解不同地域的人文和历史,这样我们才得以在动画创作中,弘扬民族文化,避免知识上的疏漏。电影《我在伊朗长大》改编自伊朗女插画家 Marjane Satrapi 的同名漫画。电影以自传的形式讲述了自己的成长经历,反映了伊朗的社会变迁。片中的叙事风格、镜头画面都洋溢着浓郁的民族特点。

5．题材的选题应符合市场经济效益的需求

采用符合社会主流趋向的题材进行创作,为未来动画作品获得更大的市场经济效益打下基础。一部动画的设计定位是实现商业价值的先决条件,一部动画最重要的是其商业价值,其后才是艺术价值。不论是电影动画还是电视动画,一般来说都要纳入商业经济运作的范围之内。动画作品的良性发展,离不开经济利益的驱动,作为动画作品的基础,也即剧本必须要尽可能考虑到未来相关的市场开发,剧本创作要具有市场潜力、符合时代发展。

动画剧本的创作者应该具备市场意识，使影片具有商业娱乐效果。

2.3 动画剧本的主题

一部动画片的主题，可以是一种哲学理念，也可以是一种意境或情感，它甚至可以是一个无法用语言概括出来的存在，但它却是剧本故事必不可少的灵魂。它来源于创作对于生活的感悟，反映作者的某种观点。而这种观点必然贯穿整个故事，渗入到剧本的结构、情节、对白以及种种细节中去。主题，通常又叫主题思想或"主旨"，一般是指剧本通过角色塑造和对生活的描绘所体现的中心思想，是剧作者对生活、历史和现实的认识、评价及理想的表现。动画剧本的主题，是编剧在题材运用中传达的主要思想。

主题是剧本内容的精神主导，是作品的灵魂，剧本的事件、情节、细节、对话、结构都服从主题思想的要求，都要有利于主题思想的体现。悉德·菲尔德曾说："当我们谈论电影剧本的主题时，我们实际谈的是剧本中的工作和人物，动作就是发生了什么事情，而人物就是遇到这件事情的那个人。每个电影剧本都是把动作和人物加以戏剧化了。你必须清楚你的电影讲的是谁，以及他或她遇到了什么事情。这就是写作的基本概念。"

2.3.1 主题的分类

主题是一种思想，所有的思想都来源于生活实践，既有创作者的直接生活经验，也有间接的经验。每个艺术作品都有主题，有的作品主题单一，有的作品中糅合了多元化主题，相对于其他类型的影视作品，动画片情节主线更为简洁明确，故事框架更强调内在的力度和戏剧化，表现上重娱乐轻内涵。但在很多动画片里，我们可以体会到有关梦想、和平、环保、成长等令人反思的信息，这体现了剧作者的人文关怀思想和高度的社会责任感。

以人为中心，按照人与自身、人与他人、人与自然、人与社会的关系来划分，动画剧本的主题可分为以下几种。

1. 生命的主题

对人类生命本质及亘古宇宙生命奥妙的关注、探索和反思。"我们从哪里来，到哪里去？我们是谁？"这是人类精神领域中最具形而上深度的终极问题，它与人类的思考始终相伴，这类主题的代表作有《火鸟》《怪医黑杰克》《人鱼之森》《摇椅》等。

典型实例：《父与女》（英国）

导演：麦克·杜多克·德威特（英籍荷兰人）

《父与女》（图 2.5）是一部动画短片，凭借短小精悍的演绎，给人们的心灵带来无比的感动。短暂的 8 分钟却承载了女儿对父亲的深切怀念。生命转瞬即逝，思念伴随一生。导演借用女儿对父一生的等待，揭示了人类共同关心的"生命与爱"的伟大主题。这是面对逝去事件的怀念、感动和一种疼痛的快乐。年老的女儿找到被沙掩埋的小船，她依稀回到从前，依稀看到了等待一生的父亲。女儿朝父亲跑去，仿佛穿过时间的隧道逐渐又变回初为人母、为人妻、少女、孩童的样子，在拥抱的那一刻，一种带着无法释怀的疼痛和美好憧憬的感动油然而生。女儿对父亲的爱、父亲对女儿的爱、四季的轮回、生命的成长,以及人物的命运都在作品中得以体现。

图2.5 《父与女》

2. 生态的主题

主要表现人与自然的关系,以西方的生态伦理学为思想基础,把人类的道德范围延伸到人类之外的动物、生物、自然等身上。近年来,生态主题受到动画编剧的青睐,代表作有反映动物解放与权利的《马达加斯加》、反映大地伦理的《风之谷》、反映自然价值观的《小马王》、反映生态学的《冰河世纪》等。

典型实例:《住得舒服吗》(英国)

导演:尼克·帕克

短片通过对动物园里各种动物的采访,给观众传达了动物们对于在动物园里居住是否舒服的看法。动物园中有暖气、充足的食物和高科技设备,如大投影电视、很好的护理等,避免了受冻、淋雨和弱肉强食的自然现象。对于人类的这种优待,被采访的动物对现代化设施表示满意,但它们更多的是对自由空间的向往。动物园是许多都市人与珍稀动物进行实物接近和交流的场所,被采访的动物们表达着对居住环境、条件和生活的看法,如野性难驯的狮子想念新鲜的肉食和广阔的大草原,温顺的乌龟怀念住在老家的自由与舒适,更多地表达了对现代生活环境的不满意,向观众传达着生态的主题。

3. 科幻的主题

科幻片是动画片的主要类型,主要指依据科学技术上的新发现、新成就,以及在这些基础上可能达到的预见,用幻想艺术的形式,表现人类利用这些新成果完成某些奇迹,它侧重于科学与幻想的结合,宇宙题材、太空题材、机器人题材都是常见的表现领域,如《铁臂阿童木》《大都会》《机动战士高达》《超人特工队》等。

典型实例:《超人特工队》(美国)

编剧:布拉德·伯德

《超人特工队》(图2.6)讲述了曾是"不可思议先生"的鲍勃一家人的生活。他们生活在大城市里,每天朝九晚五地工作,一家人极力隐藏着自己的超能力,过着一种平淡的普通生活。但是当他们得知有人将要进行毁灭人类的计划时,作为具有超能力的神秘人物,他们施展各自与众不同的超能力,可以隐身的女儿,可以像橡皮一样自由拉长变短的妻子,可以跑得飞快的儿子和力大无比的鲍勃一起投入了保卫人类的战斗中。

图 2.6 《超人特工队》

4. 童年的主题

童年的主题主要出现在校园片和儿童片中,这也是动画片主要的表现领域,主要角色是少年儿童,着重表达儿童视野里的世界,也有一些作品借成人视角来表达一些看法,如《麻辣教师》《蜡笔小新》《樱桃小丸子》《小公主莎拉》等。

典型实例:《小公主莎拉》(日本)

编剧:佐腾昭司·久保田荣

改编自英国作家法兰西丝·霍森·柏纳特的作品《小公主》(A Little Princess)。1885年在英国伦敦,以培养仕女闻名的明晴女子学院有一名人见人爱的小女孩入学,她就是莎拉·克鲁,是富翁莱福·克鲁的掌上千金。莎拉在学院就读期间深受大家的喜爱,但是好景不长,没多久在她最高兴的生日宴会当天,接获父亲不但破产且客死印度的消息,这让莎拉所拥有的一切化为乌有,从备受礼遇的公主成为饱受欺凌的学院女佣,因为她在世界上已无亲无故了。尽管遭遇到不幸,尝尽人情冷暖,莎拉还是以真诚的态度待人,以乐观的心看待自己的遭遇,以丰富的想象力让一件件事情像有了魔法般地实现,使得她看起来就像真的公主一般,在失去一切后依然获得大家的喜爱。

5. 鬼怪的主题

鬼怪片离不开鬼魂、妖怪,离不开人间与非人间的共存状态。我们主张无神论,但在文艺作品中,鬼怪主题仍有一定的表现,如《小倩》(图 2.7)(中国香港动画电影)、《花田少年史》《虫师》《犬夜叉》《学校怪谈》(以上日本动画片)等。

图 2.7 《小倩》

6. 历史的主题

动画历史片以历史事件和历史人物为表现对象,着重传达历史逻辑精神。我国历史资源丰富,其中隐藏着许多优秀的精华部分,需要认真整理发挥,如《三国演义》《水浒传》《李元霸传奇》等。

2.3.2 主题的体现

艺术是具有时代性的,不同的时期都有着不同的审美观念,所以动画剧本在主题的选取上要紧跟时代的步伐,时代感便成了编剧必须考虑的问题,一部有时代感的动画,才能引起观众发自内心的共鸣。

主题在选择上要具备一定的创意性,动画剧本要大胆突破常规,以动画电影《怪物史莱克》为例,它改写了以往童话中王子拯救公主的一贯故事模式,大胆地采用一个怪物作为故事的主角,史莱克不愿意冒险,被逼无奈去营救公主,而令观众更为意想不到的是公主到头来竟然也变成了一个怪物。但是影片另一个成功的关键点在于故事主角的善良与可爱,而怪物和公主之间的爱情也让人为之动容。这种外表丑陋掩盖不住的善良内心让动画大获成功。

动画剧本的主题本身也要具有一定的社会影响力、感情因素、商业性等。一部动画片的剧本,我们能最直接地在影片中看到的那部分就是故事。无论是角色刻画,还是影片的主题内涵,都要有剧本的故事作为承载形式。但日本的动画片就比较特别,它没有固定的模式,想象天马行空,具有一些新鲜的元素,宫崎骏的动画就是一个很好的例子。例如宫崎骏的《龙猫》这部动画,此片主题讲述的是一对来乡下居住的姐妹俩日常生活中发生的故事。情节并不复杂,甚至很普通,但一些可爱的精灵偶尔间出现在她们身边,并成为她们的好朋友,于是奇妙的故事从此展开。龙猫外形独特,样子可爱,令人发笑的动作都非常有创意,这也是这部片子获得好评的重要原因,随后龙猫系列玩具出现在国内的大街小巷。

动画编剧还应该考虑到观众对题材的接受程度,使影片具有一定的娱乐效果。日本系列动画片《蜡笔小新》运用了大量夸张搞笑的手法来表现主角小新与同龄孩子格格不入的大人口气和举动,深得不同国家各个年龄层次观众的喜爱。

主题的表达在剧本构思阶段是极其重要的,如果没有一个清晰的主题,很可能杂乱无章,这样的作品就会模糊不清,没有思想深度。所以确定好一个可行的主题,进而去丰富内容,这样才能使一个剧本的创作得以完整。

在主题的表达技巧上应该讲究含而不露。主题必须鲜明,但是鲜明不等于直露。优秀的艺术作品都会留给欣赏者想象的空间,而这些空间往往是表达作品主题的最佳之作。

深刻而独特的主题和独具一格的创意是让影视作品脱颖而出的先决条件之一。众所周知,"冒险"一直是商业大片炙手可热的题材,美国蓝天工作室就充分利用这个题材,讲述了一只蓝鹦鹉布鲁从美国飞往巴西里约热内卢的充满异国风情的冒险之旅的故事,其中运用了大量的拟人夸张的手法,不但恰如其分地表达了自由的信念,更是让观众耳目一新,这就是3D动画大片《里约大冒险》。关于成长题材的影片很多,而美国动画片《花木兰》堪称动画片中的佼佼者，它虽是改编自我国著名的北朝民歌，但是它的成功更在于迪士尼公司别具一格的主题升华，他们将中国古代一个孝女故事改编成一个少女追求自我的经历和一种父女感情的演绎，从而使故事更具时代性，也开阔了故事题材的深度和张力。原本表面化的故事主题提升到探讨人性上的层次，这不得不让人刮目相看。一旦涉及爱情主题，人们往往千篇一律地去歌颂爱情的"无坚不摧"，或者在三角恋中辗转反侧、跌宕起伏，但是《僵尸新娘》的高明之处，却独树一帜地在恐怖阴森的环境中去歌颂人性的善良，从而使故事更加深入人心。

主题的隐蔽、多义和多主题，让影片更具看点。在剧本创作过程中，性急的编剧往往急急忙忙地直接把主题端到观众面前，更有甚者还在影片中加入文字以解说，总是担心别人看不懂，这会在很大程度上造成影片的浅陋。"艺术贵在含蓄，一般不宜开门见山，直奔主题"。例如，一个口渴的人，远远地闻到茶香，远比直接看到一个茶壶更令他振奋。动画短片《和尚和鱼》中几乎没有中景和特写镜头，都是全景甚至是大全景——快活的鱼、清亮的水、严整规划的围墙、小和尚与小飞鱼追逐嬉戏，它并不是直接表现小和尚的压抑，而是通过和尚对鱼的强烈兴趣，暗示他对自由的向往。在这里，人性的主题用一种婉转曲折的手段，让观众在不知不觉中自悟了，这便是表达主题最巧妙的方式。所以，动画剧本的主题应该通过情节和画面自然而然地流露出来，作者的观点要尽可能地做到隐蔽。

很多大型的动画片出现"多主题"现象。在主题之外，还存在副主题，从而使作品更加丰富多彩，耐人寻味。当然，多主题并不是说让诸多主题齐头并进，面面俱到，也需自然而然地表露出来，应避免通篇杂乱无章。《海底总动员》在这方面就做得比较好，影片包含"亲情"（马林爸爸寻找孩子尼莫的艰难，多丽寻求家庭）、"成长"（马林爸爸通过冒险逐渐变得勇敢，一改以前的谨小慎微，严肃；任性的尼莫也逐渐地明白了"外面的危险"，明白了团队的合作，明白了父亲的爱）、"团结"（鱼缸里，影片在有限的时间与空间里，塑造了吵吵闹闹却团结有爱的鱼类集体）三方面的主题，三条线由始至终不露痕迹地相互搀扶着，没有让人产生矫揉造作或突兀的感觉。《花木兰》以一个少女成长的历程作为主线，除此之外还有木兰和李翔的爱情一条副线，朝廷和匈奴的斗争一条副线，以及木兰和花弧父女感情一条副线。

2.3.3　主题的升华

剧本的题材主题众多，但从其精神内涵上来说却有一些反复出现的人类基本行为、精神现象和关于周围世界的概念，能够在文化传统中完整保存，其内核在后世不断复制和延续，它是剧作者和观众在精神层面上的共同追求，是在主题基础上的升华。每部作品都有主题，但并不一定有升华的高度。

1. 寻找与追寻

人们常用"这山望着那山高"来形容对目前的状况不满意，认为别的环境更好。虽然这句俚语为贬义，表述由于不断追求新的环境而不踏实努力，最终导致一无所有，但是这种对美好生活的追求，其实是人性本身欲望的真实描述，人的一生就是在不断地追寻更好的生活和寻找人生意义的旅途上度过的。

典型实例：《七龙珠》(日本)

故事世界中有 7 颗名为"龙珠"的物件,每颗龙珠各自有 1～7 颗不等的五角星标记并散布于世界各地,只要集齐 7 颗龙珠就可以呼唤出神龙,向神龙许愿便可以达成任何愿望,而龙珠在神龙实现愿望后便会自动飞散……并且变成石头,一年后便可再次实现愿望。

独自住在深山的少年孙悟空,遇上搜集七龙珠的少女科学家布玛,布玛为得到悟空拥有的四星七龙珠而同悟空踏上找寻七龙珠的旅程。

2. 漂泊与旅行

亘古以来,随着地球表面沧海桑田的变化,地球上的人类也在不断地迁徙。有些是为寻求更广阔的生存空间;有些是为找寻更好的经济际遇;有些是出于对种族、政治、宗教等因素的考虑。随着现代文明进程的发展,人类逐渐结束漂泊生活定居下来,可生命深处那历经漂泊的生活习惯,不断地叩问我们沉睡的记忆。这是远祖灵魂的召唤,是心灵的归真,是一种本能的回归,更是一种生命的轮回。

这种漂泊萌动不受我们自身意志所控制,亿万年来遗留下来的生命形式已经融入到人类的血液。旅行是另一种意义上的漂泊,人们在其中能够找到自我、感悟到生命的真谛。

典型案例：《三千里寻母记》(日本)

为了维持家计,玛尔可的母亲强忍不舍,远赴千里之遥的阿根廷做工。而玛尔可也勇敢地接受了这个事实,并且努力打工,希望家境快点儿好转,以便母亲能早日回家与自己团聚。玛尔可生活中最大的精神鼓舞便是母亲寄来的一封封家信,但是突然有一天,信件中断了,母亲音讯杳然。玛尔可心中忐忑不安,在对母亲强烈的思念之心的驱使下,9 岁的玛尔可毅然决定从意大利出发,踏上寻母的漫长旅途……

典型案例：动画片《尼尔斯骑鹅旅行记》(日本)

这部动画剧集改编自 1909 年诺贝尔文学奖获得者、瑞典女作家塞尔玛·拉格洛芙的同名代表作。内容在当时看来新鲜、另类,讲的是一个叫尼尔斯的小男孩,调皮捣蛋,还爱虐待小动物。有一天因为他的顽皮,得罪了一位有法力的小狐仙,被小狐仙变成了一个比动物还小的小人,而且突然能听得懂小动物的话。他开始慢慢明白自己以前做错的事情。在公牛的指点下骑着家鹅毛真,随大雁漂泊,踏上了寻找小狐仙的漫长旅程。他们沿着狭长的瑞典国土飞行,一路上经历了无数的危险,演绎了种种传奇。

3. 抗争与拯救

人类的发展就是不断和环境抗争的结果。

典型实例：《盖娜》(法国/加拿大)

《盖娜》(图 2.8)故事叙述在遥远的时空,太空船"威卡诺伊号"在航行途中遭遇变故而坠毁在"艾斯多利亚双子星"上,威卡诺伊号太空船的计算机中枢与艾斯多利亚星的神秘能量结合,成为全新生命体"AXIS",并进一步使整个艾斯多利亚星产生异变,让该星球的植物异常生长而导致生态体系异变,而植物的"树液"成为维持所有生命能量的重要来源。

600 年中,艾斯多利亚星异形生物把新人种(人类)视为奴隶,为其采集能源,并以上帝的身份施加暴行。

图 2.8 《盖娜》

盖娜是一个爱冒险的小姑娘,她屡屡发现古代遗留下来的线索,欲揭开真相,反抗艾斯多利亚星人的统治。在威卡诺伊号唯一幸存者的帮助下,盖娜找到残存的计算机中枢"AXIS",并击败了异型统治者,释放了"AXIS"的能量,开启了一道通往新世界的桥梁,作为拯救者的盖娜终于将族人从奴役中解救出来。

4. 皈依

本指身心归向它、依靠它,这里指心灵的一种平静状态。故事就是打破原有的平静与平衡,主人公通过漂泊、寻找、抗争,重新达到平衡的过程。

2.4 动画剧本的构思

在确立了题材和主题之后,进入构思阶段,这一阶段需要做以下工作:搭建一个故事框架,把素材按照一定的逻辑顺序组织起来,梳理人物关系,考虑故事发展的走向,掌握故事发展的高潮、节奏的进展和冲突的设置等。所以,构思听起来是一个比较虚的概念,却恰恰是创作动画剧本要优先考虑的问题。动画剧本的创作,不仅要依赖于写作的技巧,更重要的是要对整个剧本的各个部分内容进行构思,有了一个清晰、明确的创作思路,才能做到言之有物、言之有序。

2.4.1 动画剧本构思的内容

掌握的素材一般都是零散的或片段式的内容,这就要求创作者必须按照动画剧本独特的叙事要求,经过一系列的加工、整理和提炼之后,按照主题表达的需要组织出故事结构来,故事必将经历从最初的朦胧粗糙逐渐到清晰丰满完整的过程。

通常剧本构思包括以下内容。

(1) 确定写什么,即写什么人或事,写人或事的意义;

(2) 确定人与事,即根据主题的需要来安排人与事;

(3) 梳理人物关系,安排好主要人物和次要人物以及配角的关系;

(4) 确定故事发生的时代和环境,即把故事放在一个什么样的时代和环境里来写;

(5) 确定叙述的视角,即从何处下笔,从哪个方面和角度来写;

(6) 确定叙述的方式和艺术风格;

(7) 确定情节线;

(8) 安排剧本的结构。

2.4.2 动画剧本中角色的构思

对于动画剧本来说,角色是动画剧本描写的主要对象,是构成动画艺术造型形象的主体。塑造鲜明生动的角色是动画片的根本任务。塑造出一个好的动画人物,能够跨越漫长的时间与不同的文化背景,被广大观众喜爱。

以夸张的手法刻画主人公,动画剧本自身的特殊性,也决定了这种形式很擅长刻画人物。大多数动画片的剧本,人物设计得善恶分明,一般以类型化的手法来塑造主人公。故事主线索单纯,情节发展的起伏跌宕十分明晰,人物之间的矛盾也不那么极端尖锐。例如《猫和老鼠》(图2.9)考虑到儿童观众的心理特点和观赏需要,客观上,动画剧本的故事情节已经不仅是抓住观众,而是要增加吸引力。创作者要用更多的空间,更多的笔墨去刻画人物。又如迪士尼的米老鼠与唐老鸭,称得上是全世界最受欢迎的形象,它们是动画片里的搭档,个性却形成鲜明的对比。米老鼠理智、纯洁、勇敢,几乎是完美的正面形象。而唐老鸭却性格反复无常,易怒,甚至表现出阴暗的一面,它们的性格及造型各有特色,这也是它们被观众认可的原因。

图2.9 《猫和老鼠》

1. 角色的基本形状及其意义

这里讲的角色的基本形状,分别是圆、椭圆、方形、三角形和圆柱。这些形状在CG程序中总被解释为所谓的"原始造型"。动画符号和更加全面立体的角色形象都是利用这些基本形状的相互影响得以塑造。特色绘画电影一般不会对这些原始形状做过多的修饰,立体的角色设计起来会更复杂些,但是也会用这些基本造型作为其结构基础。

《飞屋环游记》(图2.10)是2009年美国皮克斯动画工作室的力作,获得2010年奥斯卡最佳动画片奖。无论从人物、动物形象还是场景设计来看,该片都弥漫着色彩艳丽、造型夸张的卡通气息,卡尔和小罗等形象都深入人心。

图 2.10　《飞屋环游记》

　　在进行造型设计时,几个主要角色分别参照不同的几何形。卡尔对应方形,艾丽是圆形,小罗是气球,大鸟凯文是三角形,几个简单的形体不但区分出不同的角色,也是各个角色性格的写照。

　　方形的象征意义是看起来是敦厚和善、坚定、可以依赖的,对立面的手法表现角色可能是不够灵活的,或者是十足的笨蛋。这个形象对应片中卡尔的造型。卡尔从小就中规中矩,造型上用了方形,这不仅是卡尔整体造型的概括,也凸显在他各个身体结构上。

　　圆形和椭圆的象征意义是看起来是可爱的,可以信赖的,温和的甜美的孩子气。使用圆形和椭圆形用对立的手法来表现角色的意义可能是顽皮的,傻乎乎的。片中的艾丽性格活泼外向,造型是相对应的圆形,她的头部较为夸张,但身形结构符合正常女性的特点。

　　三角形的象征意义是看起来是机灵的、好战的、有洞察力的,三角形的人物果断,可能是英雄,也可能是恶棍。片中大鸟凯文的外观样貌和性格设定都充满想象力,凯文总是会做出令人意外的举动,而三角形与几条线段的身体特点同样充满了趣味性与幽默感。

2. 角色的性格塑造

　　英国作家福斯特提出角色的性格塑造,分为圆形性格和扁形性格。圆形人物一般也称为个性化人物,这类人物一般无法简单地用"好人"或者"坏人"来定义,其性格也处于动态的发展之中而显得格外丰富和复杂。圆形人物的塑造,客观上需要编导用大量的时间来创作,因此,他们在动画片中也就不仅担负着推动情节向前发展的任务,而且也成为动画片剧情所集中展示的对象。扁形人物往往是片中的配角,对编剧而言,扁形人物比圆形人物要简单得多,不需要更多地考虑人物性格的发展和逻辑真实性,只要抓住人物个性中的某一点,加以放大、夸张就可以。大多数娱乐性为主的动画片往往对扁形人物情有独钟,甚至在主要人物的性格设计上也大多都以扁形为主,原因在于:其一,人物性格特征鲜明,易于观众领会和把握;其二,这样的角色容易创造、编写。

　　在动画艺术处于萌芽阶段的时候,《米老鼠和唐老鸭》(图 2.11)、《猫和老鼠》等影片中的角色几乎都是个性化塑造,一般都是我们所讲的扁形性格。通过把某类人物性格特点集中到一个角色身上,再夸张放大,甚至极端化,人物形象会变得更加鲜明独特。动画片更是要求人物要夸张,正如迪士尼所说的那样:"夸张和幻想就是动画的本性。"

图 2.11 《米老鼠和唐老鸭》

随着动画片的不断发展,动画片的类型也越来越丰富,人物塑造也随之呈现各具风格的特点,动画片的叙事功能不断增强,动画作品越来越注重对圆形人物的刻画。《埃及王子》影片注意对摩西本人身份的巨大转折来表现他在危难的环境中,肩负重任的真实感受和人物内心的矛盾与挣扎。这些身份的翻天覆地——从奴隶到王子,从王子到平民,使得摩西逐步走向成熟,而且也使得他的性格日趋复杂,特别是他和兄长兰姆西斯的关系,也不得不从原来的情投意合的手足关系变为势不两立的敌对关系。

2.4.3 动画剧本的构思

我们从几个方面罗列了构思的内容,在构思剧本的时候还需注意以下几点。

1. 剧本构思首先确定故事发生的时代背景

动画片《小马王》以小马王被西拓者猎捕,后与印第安男孩克里克互相扶持最终重获自由为主线,并辅之以责任、牺牲、道义;亲情、友情、爱情;文明人、土著人、自然和谐等人生重要议题。动画片《小马王》的时代背景是美国南北战争之后的西进运动时期。当时的美国政府对印第安人采取的就是种族灭绝政策。印第安人在战争中遭到了巨大损失,到南北战争前,这一地区的印第安人几乎已绝迹了。就是在这样的背景之下,《小马王》的故事开始了。

2. 构思事件和情节

事件和情节都是由人物的行动构成,并且是为人物形象塑造服务的。人物的身份、关系、行为都决定着剧情的发展,所以应尽早确定好剧中的主要人物,从事件和情节发展的宏观角度去把握,没必要对所有的细节进行构思。

3. 找准切入点和讲故事的方式

以儿童的视角作为切入点是动画片的主要特征之一。以儿童的思维方式来讲故事,使得故事情节更为单纯、富有想象力。因而诸如对英雄的崇拜、正义的伸张、神奇的探险、奇妙的经历、有趣的情节和搞笑的人物成为动画片所青睐的题材。例如,20世纪80年代的经典动画片《非凡的公主希瑞》就是一部讲述正义与邪恶斗争的故事；而《樱桃小丸子》中的各个故事就发生在每个人的童年，对于小学生来说，看到了另一个自己，对于成人来说，勾起了对童年时点点滴滴的回忆。

动画片和其他影视作品相比应该选择设置单纯的故事线索和更为戏剧化的冲突。因此在动画剧本构思中线索要简洁明了，多余的枝节要剔除，构思出故事的内核，突出重点矛盾和中心人物故事，将观众的注意力和情感都集中在故事开端、发展、高潮和结尾中。

4. 剧本构思要充满想象力

动画剧本与一般的影视剧最大的区别就在于想象力的加入，这对初学者来说非常重要。想象元素和想象力是动画片的活灵魂。我们在掌握和选取素材时都要通过各种方式把想象的元素渗透进去。在《喜羊羊与灰太狼》中的动物世界里，狼和羊是主角，灰太狼为了能够抓到羊潜心研究各种各样抓羊的办法，慢羊羊村长为了维护羊村的安宁的一个满脑子充满幻想的发明家。故事里渗透了人类原型素材，如学校、门卡、三聚氰胺、超级女声等并将其和动物世界结合起来，羊和狼同样就具有了人类丰富的生活。同时，动画片中的想象元素还可表现为虚拟的，如《千与千寻》中神仙的澡堂油屋、《怪物史莱克》中的沼泽池等；或者是在角色身上加入神话的特点，如《大闹天宫》《宝莲灯》等，这种情形在动画片中非常多见。也可以在一些行为动作上加入想象，如《猫和老鼠》就是以夸张滑稽动作见长。

小结

本章重点讲述了动画剧本构思的基础知识，了解动画剧本素材的收集、选择与主题的提炼的方式方法，了解如何合理安排剧本的总体结构，掌握剧本编写的规范，了解动画剧本构思中内容、角色等创作要点。一言以蔽之，动画剧本写作的构思就是确立写什么、怎样去写的过程。

实训练习

1. 观看一部动画片，写出其在动画剧本的构思方面的精巧之处，分析其效果如何。

2. 根据以下两则故事性和画面感很强的趣味新闻，筛选素材并确立剧本主题，构思一则动画剧本的纲要，利用课余时间编写剧本。

趣闻一：

一名美国母亲在 10 个月大的小宝贝面前高歌，似乎是歌声太优美，宝宝竟然感动得流泪，水汪汪的大眼睛含着泪水的模样，可是萌翻了许多网友。

据外媒报道，孩子是母亲的最大依靠，看着自己怀胎 10 月的宝贝，心中总会产生一股莫名的感动，虽然宝宝还无法开口叫妈妈，大声说我爱你，但他的眉目之间却不停透露出对妈妈的爱。而最近网上疯传的一段影片中，一位美国母亲亚曼达（Amanda）对着她 10 个月大小的宝贝唱歌，可能是妈妈的歌声太过优美，一开始宝宝静静听着妈妈唱歌，过一会儿，竟红了眼眶，感动地开始流泪。

趣闻二：

据德国《图片报》报道，德国汉堡市布哈姆菲尔德区（Bramfeld）的一名体重 380kg 的女子因患病需要赶往医院就医，但由于体重问题，她无法离开公寓半步。为此，当地消防队出动了 21 名消防员和一辆铲车，最终将其成功送往医院。

报道称，据这名女子的邻居介绍，她一直患有象皮病。当地时间 10 月 29 日早晨，该女子病情恶化，但她只能无助地躺在床上，无法离开。最后，邻居给消防队打了电话。消防队的发言人称："她是汉堡市最重的人，我们为此派出了 21 人，并调来了一辆铲车。"消防队赶到后，将该女子固定，从窗户抬出并小心地放在救护车上。目前，经过医院的抢救，该女子已脱离危险。据悉，该女子需要用医疗保险账户为此次"运输"支付 329.65 欧元（约合人民币 2763.82 元），其余费用将由消防队承担。

ANIMATION

第 3 章 动画剧本的情节

动画剧本的主题显而易见是首要的,具有决定性意义的,但是它必须依附于某种特定的形式才能得到最好的表现。因此剧本的情节和结构也是动画剧本创作极为重要的构成因素。为了塑造鲜明的艺术形象,体现深刻的主题思想,动画剧本必须对所掌握的创作素材进行精细的组织和安排。

3.1 动画剧本情节概述

情节对于叙事性故事来说,是非常重要的元素,俄国的高尔基就说过:"情节,即人物之间的联系、矛盾、同情、反感和一般的相互关系——某种性格、典型的成长和构成的历史。"从理论上讲,情节是剧本的根本和支柱,是表现人物性格与人物关系的事件与过程,是其中一切起承转合必须遵循的可能和必然的原则,从中反映事件发展的因果关系。

情节往往容易与故事混为一谈,从一般的电影常识来看,实际上这两个词所表达的内涵基本相同,但严格地说,这两者又绝不是一码事。故事是剧本的最原始形态,它虽然可以构成剧本创作的基础,但这种原始形态无法构成情节。为了踏入剧本构成的第一阶段,首先故事必须要有一个形成情节的结构。例如,母亲带着孩子到花园里玩耍,孩子不小心摔了一跤,磕破了脑袋,这一事件可以成为一个故事,但仅此构不成情节,也构不成剧本的基础,因为这里缺乏结构。

福斯特曾说:"它(故事)是按照时间顺序来叙述事件的。情节同样要叙述事件,只不过特别强调因果关系罢了。如'国王死了,不久王后也死去'便是故事;而'国王死了,不久王后也因伤心而死'则是情节。虽然情节也有时间顺序,但却被因果关系所掩盖。又如,'王后死了,原因不详,后来才发现她是因国王去世而悲伤过度致死的'这也是情节,不过带点儿神秘色彩而已。这种形式还可以再加以发展。这句话不仅没涉及时间顺序,而且尽量让不同故事连在一起。对于王后已死这件事,如果我们再问'以后呢?'便是故事,要是问'什么原因?'则是情节。"(《小说面面观》)

情节最基本的表现就是冲突。冲突的构成就是站在某件事物对立双方的个人。如果这些人寡然无味,观众就不会在乎冲突是什么。最好在塑造主角的时候牢牢抓住观众的注意力,这样观众就会为了主角的成功或者失败同喜同悲。同样的道理,如果冲突不够激烈,角色之间的互动不够理想,观众就会觉得白白地浪费了自己的时间。冲突必须在观众看来相当的严峻,才会显得合情合理。

3.2 动画剧本的情节设计

《海底总动员》中如果没有小丑鱼一家幸福生活被打破的经历,就不会有鱼爸爸马林的变化,也就不会有儿子尼莫与父亲马林的争执,就没有儿子尼莫被抓,也不会有父亲寻找儿子的艰难历程。在找儿子的途中历经艰险,马林的内心在放弃与坚持中挣扎,但最终在蓝唐王鱼(Regal Blue Tang)多莉(Dory)的帮助下,他渐渐明白了如何用勇气与爱战胜自己内心的恐惧,也懂得了一生中有一些事情的确是值得自己去冒险、去努力的道理。马林终于克服万难与儿子团聚,并安全地回到了自己的家乡。全剧是由一个情节链组成的,环环相扣,人物的性格在情节的发展中得到完美的体现,情节在人物行为之间的冲突推动中前进。黑格尔认为情节应为"表现为动作、反动作和矛盾的解决的一种本身完整的运动"。故事是靠一个又一个的情节相互连接推动展开的,人物的性格则是靠一个个情节塑造的。情节不仅是因果逻辑组织起来的一系列事件,而且要求在事件的发展中表现出人物行为的矛盾冲突,由此揭示人物命运的变化过程。因此,可以说冲突是情节的基础。

3.2.1 情节与冲突

剧本写的有没有"戏",有没有"意思",是动画作品好不好看,吸不吸引观众的关键。在好莱坞,冲突法则被看作是一条审美原理,"它就是故事的灵魂",因而在故事中,人们选取的是产生对抗、发生冲突的时刻,日常生活的细枝末节往往被扬弃。在故事情节的安排中,冲突要提前铺垫。虽然不一定要把所有冲突逐一详细地加以解释,但是至少要给观众一种感觉——主角即将遭遇挫折。如果故事进行了一半,观众才稍微感觉到主角面临了很多挑战,会产生不耐烦的情绪。但是在塑造角色的时候,也不能把冲突写得超越凡俗,因为太离奇的故事容易让人们一头雾水。

冲突的安排也要尽量贴近生活。普通人日常生活中面对的冲突不外乎家庭、朋友,诸如此类。这些冲突对观众来说是有意义的。把冲突写得越贴近生活,观众产生的共鸣就越强烈。人山人海、气势恢宏的战斗场景对于一部动画片来说没有什么不好,但是真正成功的冲突却必须具有情感支撑。

美国戏剧理论家劳逊说:"戏剧的基本特征是社会性冲突——人与人之间,人与集体之间,集体与集体之间,个人或集体与社会或自然力量之间的冲突;在冲突中自觉意志被运用来实现某些特征的、可以理解的目标,它所具有的强度应足以导致冲突达到危机的顶点。"在劳逊的冲突观中,冲突包含着以下几个方面。

(1)人与人之间(包括个人与集体之间、集体与集体之间)的冲突;

(2)人与环境(社会环境和自然环境)的冲突;

(3)其中还隐含着人的内心冲突——"自觉意志",它应具有一定的动力强度以便危机到达顶点。

剧作者面对的是具体的人际关系,往往并不能将社会冲突直接表现为戏剧冲突,而是需要通过具体的、有个性特征的性格冲突来体现社会冲突。在具体的作品中,情节和冲突是互为支撑的,冲突包含在情节中,情节又体现着矛盾冲突。有些动画片中,矛盾冲突一目了然,冲突产生和发展的快慢缓急十分明显,如《猫和老鼠》《喜羊羊与灰太狼》。

3.2.2　冲突设置的技巧

1.　制造人物冲突

综合起来,剧本故事的三种冲突就是:人与人,人与自己,人与环境。人与人的冲突,也许是三种冲突中最普遍的,像朋友之间、亲人之间、敌我之间的冲突。在动画片《狮子王》中就是辛巴的父亲与其兄长之间的王权相争,继而造成辛巴父亲的横死、辛巴的流落,这是推动情节发展的重要的一环。在人与人的冲突中,个性对比越是强烈,越是鲜明,故事就越动人。在《喜羊羊与灰太狼》动画片中,以羊和狼两大族群间妙趣横生的争斗为主线,以"抓与被抓""吃与被吃"为故事叙事模式,以羊族的胜利与狼族的失败而形成抗衡的力量;在《变形金刚》中霸天虎和汽车人之间的矛盾,一邪一正,形成了相互的冲突和制衡。这是制造冲突的一种常见方法,在动画片中运用非常广泛。

建立难解难分的人物关系。人物之间存在冲突,由于某种原因把他们联系在一起。如《聪明的一休》(图3.1)中,一休与蜷川新佑卫门之间的关系,蜷川新佑卫门本是足利义满将军的侍从,由于将军嫉妒一休的聪明才智,所以作为侍从的他经常和一休发生冲突。剧中的人物便在朋友与对手之间纠结,难解难分。

图 3.1　《聪明的一休》

人物处在亦进亦退的两难境地。如《狮子王》中辛巴在失去荣耀国的一切后开始了流亡的生活,一方面由于自己的懦弱而不想回去面对杀死父亲的叔叔;另一方面内心又在挣扎,希望自己可以承担一切。这样人物的内心冲突就产生了,人物的性格也随之丰满起来。

2.　人物与环境之间的冲突

在这三种冲突中,唯有人物与环境之间的冲突,人类是一再落败的。大自然是不可知、不可战胜的。人与环境的冲突经常被安排在主角的低潮部分,因为人与环境的冲突多半倾向于自然的一边,它会让主角变得谦恭,内心则会在与自然环境的抗衡中愈来愈强大。这种冲突表现出来的危机能把故事的情节丰富起来,一连串的危机展开后,能推动情节的发展,继而形成故事中的高潮。在《千与千寻》(图3.2)中,以千寻父母为代表的贪婪人类与受汤婆婆统治的魔法世界之间形成冲突。千寻为了解救父母,战胜一切困难,辛勤劳动,最终父母获救并帮助小白龙哈库找回了自己的名字。这个故事告诫人们必须劳动,人类的贪婪和不劳而获最终要受到惩罚,变成动物,如果忘记自己的名字就会永远地忘记过去,无法回到人类。把人物放在这种特殊的环境中成长,千寻由一个任性的小女孩成长为一个勇敢坚强的人。

图3.2　《千与千寻》

对于一般的故事性动画的情节发展来说,往往一条线贯穿到底,而且越是简单就越是有吸引力,像动画片《名侦探柯南》《蜡笔小新》等都是这样。但是相对动画影片和连续剧来说,仅一个情节作为线索是远远不够的,动画剧本会在剧本中设置两三条情节线索,与主线一起进展。如《哈尔的移动城堡》中的女主角的故事情节是一条主线索,其他角色也都安排了不同的故事走向,虽然看起来像是不同的线条扩散出去,但是最终还是回到了女主角这条故事发展的主线上。这种多情节的剧本故事,角色们的发展都不是静止的,所以在控制每一条线索上,要把握好节奏。

3. 人物与自己的冲突

在动画片中,有些时候往往主角最大的敌人就是他自己。克服自己的弱点,无论是面对失败、恐惧,还是潜伏在内心中的恶魔般的自我,主角不得不与自己做斗争。在漫画改编成电影的《蜘蛛侠》中,有一幕是蜘蛛侠在与章鱼博士的对战中,被压在了一台硕大的机器下面,而他想要的血清就在离他20英尺的地方,最终他正是克服了种种不安、恐惧的心理,挪动了机器,拿回了血清取得了胜利。人与自己的冲突是最难描述的,因为必须交代主角的弱点,往往想把故事情节打造得一波三折,却很可能会使观众失去同情。所以这些冲突要安排得合情合理,不要故意夸大。

3.2.3　情节模式

"模式"是对原有作品的分析和总结,是对叙事作品中叙事元素规律的概括,体现着一个求索的过程。这个过程就是一个事件打破一个人物生活的平衡,让他变好或者变坏,在他的内心激起一个自觉或不自觉的欲望,意欲恢复平衡,于是这个事件将他送上了一条追寻欲望对象的求索之路。在这条路上,他必须与自身、外界相抗衡,他的欲望能实现或不能实现就构成了故事的过程。说到底,故事的情节模式其实就是在"平衡—不平衡—平衡"中循环往复,追求平衡的过程就是故事的情节。下面介绍在影视剧本写作中常见的"36种情节模式"和"三段式情节模式"。

1. 36种情节模式

故事经过长期的流传后,人们归纳出了常见的一些基本情节模式。18世纪末期,意大利戏剧家卡洛·柯齐查阅了大量古代戏剧作品,这样总结到:世界上的一切戏剧剧情,都可以归纳为36种模式。20世纪初期,法国戏剧家乔治·普罗第又做了一次有益的尝试,他研究了一千二百余部古今戏剧作品,找到并列出了36种戏剧情节结构模式。

这有名的36种模式一直传诵至今,依然是人们研究剧作情节的工具,对我们的学习有借鉴意义,现介绍如下。

模式1——求告。如《淘金记》(1925)、《关山飞渡》(1939)、《星球大战》(1977)。

模式2——援救。如《党同伐异》之"母与法"(1916)。

模式3——复仇。如《伊万的童年》(1962)。

模式4——骨肉间的报复。如《狮子王》(1994)。

模式5——捕逃。如《筋疲力尽》(1959)、《邦尼和克莱德》(1967)、《天生杀手》(1994)。

模式6——灾祸。如《鸟》(1963)、《幼儿园》(1983)、《圣诞快乐,劳伦斯先生》(1983)。

模式7——不幸。如《西鹤一代女》(1952)、《活下去》(1952)、《雁南飞》(1957)、《早春二月》(1963)、《稻草人》(1983)、《末代皇帝》(1987)、《芙蓉镇》(1987)、《活着》(1994)、《钢琴师》(2002)。

模式8——革命。如《战舰波将金号》(1925)、《母亲》(1926)、《农奴》(1963)、《黄土地》(1984)。

模式9——壮举。如《阿拉伯的劳伦斯》(1962)、《巴顿将军》(1970)、《出租车司机》(1976)、《红高粱》(1987)。

模式10——绑劫。如《完美世界》(1993)。

模式11——释迷。如《公民凯恩》(1941)、《后窗》(1954)、《放大》(1967)、《对话》(1974)、《现代启示录》(1979)、《鸟人》(1984)、《谁陷害了兔子罗杰》(1988)。

模式12——取求。如《林家铺子》(1959)、《去年在马里安巴德》(1961)、《星探》(1995)。

模式13——骨肉间的仇视。如《呼喊与细雨》(1972)、《乱》(1985)、《野战排》(1986)。

模式14——骨肉间的竞争。如《高跟鞋》(1991)。

模式15——奸杀。如《天国车站》(1984)。

模式16——疯狂。如《幻觉》(1979)。

模式17——鲁莽。如《飞越疯人院》(1975)。

模式18——无意中恋爱的罪恶。如《小城之春》(1948)、《玛丽亚·布劳恩的婚姻》(1979)。

模式19——无意中伤残骨肉。如《楢山节考》(1983)。

模式20——为了正义而牺牲自己。如《正义战士》(1985—1987)。

模式21——为了骨肉而牺牲自己。如《神女》（1934）、《一江春水向东流》（1947）、《克莱默夫妇》（1979）、《楢山节考》（1983）。

模式22——为了情欲的冲动而不顾一切。如《魂断威尼斯》（1971）、《卡门》（1983）、《危险的交往》（1988）。

模式23——必须牺牲所爱的人。如《要热爱人》（1973）。

模式24——两个不同势力的竞争。如《野山》（1985）。

模式25——奸淫。如《玛丽亚·布劳恩的婚姻》（1979）。

模式26——恋爱的罪恶。如《月亮》（1979）、《蜘蛛女之吻》（1985）、《霸王别姬》（1993）。

模式27——发现了所爱的人的不荣誉。如《远山的呼唤》（1980）。

模式28——恋爱被阻碍。如《瑞典女王》（1933）、《马路天使》（1937）、《音乐之声》（1965）、《毕业生》（1967）、《花边女工》（1976）、《愿望树》（1976）、《奇怪的女人》（1978）、《莫斯科不相信眼泪》（1980）、《法国中尉的女人》（1981）。

模式29——爱恋一个仇敌。如《罗密欧与朱丽叶》（1996）。

模式30——野心。如《美国往事》（1984）。

模式31——人和神的斗争。如《裸岛》（1960）、《罗丝玛丽的婴儿》（1968）。

模式32——因为错误而生的嫉妒。如《似水流年》（1985）。

模式33——错误的判断。如《黑炮事件》（1985）。

模式34——悔恨。如《得克萨斯州的巴黎》（1984）。

模式35——骨肉重逢。如《金色池塘》（1981）。

模式36——丧失所爱的人。如《城南旧事》（1982）、《走出非洲》（1985）。

这36种情节模式同样适用于动画编剧的创作，在许多动画作品中都有所表现。如动画片《怪物史莱克2》和《美女与野兽》都属于"为了恋爱两个不同势力的竞争"（模式24）；《狮子王》属于"复仇"（模式3）；《海底总动员》是一部父亲寻找儿子的电影，尼莫由于意外而丢失，鱼爸爸经历重重艰险，最后父子团聚，是一个典型的宣扬亲情的故事，与国产片《小蝌蚪找妈妈》《宝莲灯》有异曲同工之妙，属于"骨肉重逢"（模式35）。这些情节模式不是一成不变的，创作者可根据创作的需求，进行丰富和创新，加进许多颇具韵味的段落，充实内容，丰富主题。

2. 三段式情节模式

对一个故事的叙事，往往分为三段来进行，即开始、中间和结尾。三段式情节模式符合事物发展的规律，被好莱坞称为"明白的真理"。切尔文斯基引用乔治·顾柯的一个有趣比喻来形容电影中的"三段式现象"：

第1段，你的小伙子要爬到树上。"你的小伙子"指的是主要人物、主人公；"树"指的是紧张的情节。

第2段，向他扔石头。"扔石头"意为激化主人公所遇到的问题，让他几乎从树枝上掉下来。

第 3 段,让他从树枝上爬下来。指的是必须用某种方法解决主人公所遇到的问题。这是一条情节创作上的通则,适用于每一部戏剧式情节的作品。这里所说的段,"是指在构思每一剧本时,不被读者(或观众)觉察、三个互相衔接、承上启下的阶段"。切尔文斯基据此用更形象的比喻来阐释三段式情节:

第 1 段,图上画着一条山谷中的河流。在第 1 段里,你把主人公放进千疮百孔的小船里。水势湍急,主人公无路可退。河流急转而下,看不见前方的情况。

第 2 段,转过弯去河流布满了旋涡和暗礁,让人觉得冲过去不可能生还。河水又是一个急转弯。

第 3 段,我们看到了致命的危险——巨大的瀑布。这时,你必须决定主人公的命运——欢呼他的胜利或哀悼他的失败。

主人公竟然不会游泳!于是,决定性的时刻到了。后退无路,这就是高潮。如果是悲剧,主人公应该在瀑布中丧生;如果是光明的结局,作者会把他救到岸边。

在写作的过程中,可以借鉴这几种模式,并运用到具体的写作中,会达到事半功倍的效果。

3.3 动画剧本情节的组织

3.3.1 情节点

情节点(Plot Point)在电影或电视剧的编剧术语中特指一个事变或事件,它被紧紧织入故事之中,并把故事转向另一方向。情节点是电影情节的基本单位,是著名编剧大师悉德·菲尔德提出的概念。所谓情节点,"它是一个事件,它'钩住'动作,并且把它转向另外一个方向。一部影片通常分为三个部分,其间有情节点 I 和情节点 II,每个情节点的作用都是'把故事推向前进'。总而言之,情节点就是一系列的转折和推动力,与整个故事和情节紧密结合向前发展。

悉德·菲尔德提出了两大情节点,其实,在实际的作品中,还可以分出更多的情节点。具体需要多少个情节点,完全取决于故事的需要。几个"情节点"组成一个"情节段落";几个情节段落构成一部完整的电影。在电影《唐人街》(Chinatown)中,当报纸上发表了声称墨尔雷先生在"爱巢"之中被人抓住的故事之后,真的墨尔雷太太(Faye Dunaway 饰)和她的律师来到事务所,恐吓说要提出诉讼。她是不是那位雇用杰克·尼科尔森饰演的侦探的真的墨尔雷太太?又是谁雇人冒充墨尔雷太太呢?这一切都是为什么?这个事件就把故事转引到了另一个方向:杰克·尼科尔森作为事件的幸存者必须弄清楚,是谁在摆布他,以及为了什么。

3.3.2 情节线

多个情节点连接起来就构成了情节线。情节线是情节发展过程的头绪、脉络,一般来说,电影中的情节线有两种类型,一种是简单情节线,也即单线;另一种是复杂情节线,也即复线。

1. 单线

单线是指全剧从头到尾只有一条贯穿始终的情节线,没有副线,没有第二条、第三条乃至多条平行展开的情节线,这是常见的线索模式。我国一些优秀影片,如《本命年》(图3.3)、《心香》(图3.4)、《菊豆》(图3.5)、《秋菊打官司》(图3.6)等,基本上也都是用单线。在动画片中,有些作品以人物为线索,如《白雪公主》《樱桃小丸子》;有些作品以事件为线索,如《小蝌蚪找妈妈》。它们线索单一,结构清晰,看起来顺畅,都是属于单线。单线只是情节安排的一种方法,是一种叙事的形式,并非说作品的内容简单或内涵不丰富。

图3.3 《本命年》

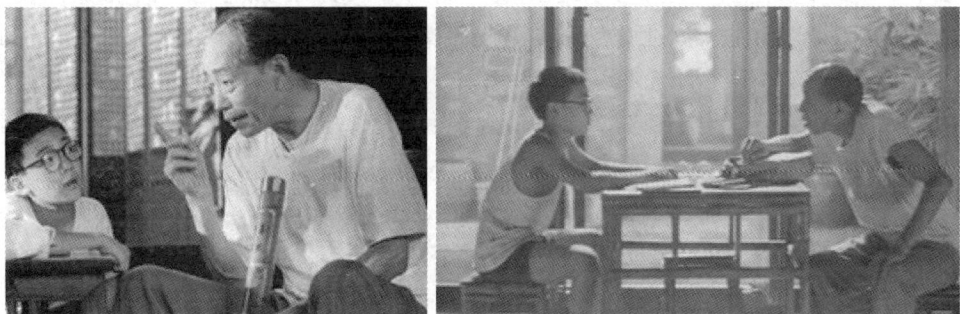

图3.4 《心香》

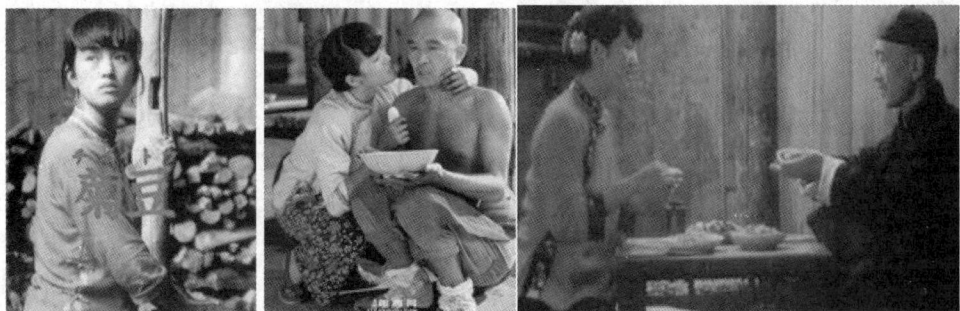

图3.5 《菊豆》

图 3.6 《秋菊打官司》

2. 复线

复线是指全剧除主要情节线之外,还有一条或与主要情节线平行发展的情节线。有时,人们也称这部分线为副线。在银幕上多半用平行蒙太奇来处理各条情节线的转换。这里需要说明的是,通常构成一条情节线(不管是主线,还是副线)的人物双方关系,都不应该是静止的,而是充满了变化的,发展着的。主线和副线相互交织,可以使结构更紧凑,故事情节更生动。主线和副线往往存在内在的联系,副线必须有助于主线,左右主线的各种难题,影响主线的高潮,在写作中,主线与副线要同样重视。对于初学者来说,一个故事的副线不能太多,副线太多会影响主线,让人感觉条理不清,主次不分。例如,在《千与千寻》中,主线是千寻为自救及解救父母而寻求突破的方法,主要表现在与汤婆婆的矛盾。副线是朋友小白奉汤婆婆之命盗窃其孪生姐妹钱婆婆的印章,以及无面人大闹浴镇。小白与无面人作为千寻的帮助者,与千寻和汤婆婆都有联系和纠葛,这样就为剧中的千寻和汤婆婆各自性格的塑造搭建了平台。《宝莲灯》(图 3.7)则是由沉香与二郎神的矛盾构成主线,副线是部落女与二郎神的冲突,两条线因铸造战斧而交织在一起。

图 3.7 《宝莲灯》

严格来讲,单线和复线的划分只有相对的意义,因为单线中也有复线的因素。要强调指出的是,不论单线或是复线,剧本都要求情节线是"粗线条"的。所谓"粗线条",就是说在主要情节线上要有几个基点,犹如几根花岗岩柱子支撑着大厦一样,支撑着情节线和整部动画作品。在动画片中,单一线索虽明晰流畅,但在反映较为复杂的社会关系和错综复杂的事件时,就受到很大的限制,所以会考虑采用复线,但是网状线索因受到动画片表现手段的限制,运用得相对较少。复线之中可以有主次之分,在实际作品中,主线与副线相互交织,齐头并进,共同推进,很难有主次之分。

3.4 动画剧本情节设置技巧

一部优秀的动画片只有在故事内容上出奇制胜,才能引起观众的注意力。故事的精彩与否取决于故事情节的安排是否合理、新奇、与众不同。所以,动画剧本在编写过程中,不仅要考虑故事的内容,还要考虑采用什么样的方式来组织内容使动画故事更生动有趣、更有吸引力。众所周知,好莱坞对于剧本的要求是全世界最严格的,因为符合观众的观影习惯,好莱坞的编剧方法也被称为最科学的编剧法。以罗伯特·麦基、布莱克·斯奈德等为代表的好莱坞编剧大师和戏剧教育家,更是总结了一套无往不利的编剧法则,讲故事中各桥段的发生时间细化到了每分每秒。掌握了这种编剧法则,不仅能更简单地写出精彩的剧本,在观看好莱坞大片时,更可以掐着表,数秒等待下一个情节点的到来,享受与好莱坞编剧比拼大脑的时刻。从根本上看,编剧法则体现的是细节的精心设计、笑点的设置、误会的设置、节奏的把握、悬念的设置、突转的展现。

3.4.1 细节的精心设计

细节指人物、景物、事件等表现对象富有特色的细枝末节。它是刻画人物、描绘情节的基本构成单位。细节描写的成功与否也是衡量一部艺术作品的尺度,细节在影视动画作品中的作用不可忽视,可以这样说,没有细节就没有艺术。不论是在文学作品还是影视作品中,都非常注重细节描写和刻画,都有对生活中的细微而又具体的典型情节加以生动细致的描绘,它具体渗透在对人物、行为、语言、景物或场面描写之中。因此,在影视动画作品中细节描写主要表现为行为动作细节、语言细节、道具细节等。在动画剧本的创作中,我们要重视对细节的精心设计,只有细节新颖独特,富有生命力,才会增加独特的动画情趣。

1. 人物行为动作的精心设计

在动画片剧本创作中,我们要对人物的典型动作进行细致入微的刻画,也就是对人物动作进行细节描写,对人物形象进行刻画,有效展示人物的心理和性格。例如,《三个和尚》(图3.8)中的一个细节,当小和尚与高和尚一起抬水时,小和尚为了减轻自己的负担,悄悄

图3.8 《三个和尚》

地将水桶滑向高和尚一边,当高和尚发现后,俩人把水桶推来推去,互不相让,俩人一起扔下扁担,不抬了……然后俩人用手量扁担,却各不相让,最后小和尚掏出一把尺子开始量了起来,纷争才得以解决。这些人物行为动作的精心设计,将人物的性格表现得活灵活现,栩栩如生。

2. 道具的精心设计

道具是指和影视剧场景、剧情和人物相关联的一切物件的总称,是角色意志在剧情中的传承。道具的恰当使用,往往具有结构性的功能,能够使整部作品连贯,结构严谨,同时对深化人物的性格起着重要作用。例如,《再见萤火虫》中多次出现的糖罐成为兄妹情深的寄托,《三个和尚》中出现的尺子使得矛盾得以解决,《喜羊羊与灰太狼》中红太狼的平底锅成为灰太狼与红太狼夫妻情感争执的爆破口,《天空之城》中的机器人是善良与正义的化身等。

3. 外在形象的设计

外在形象的设计是动画片与一般影视剧细节设计最大的区别。动画片丰富的表现手法决定了对人物外在形象设计可以充分发挥想象力,不必拘泥于现实。因此,动画人物外在形象的细节特征也具有丰富的表现性。例如,我国在 1984 年年底出品的动画片《三毛流浪记》(图 3.9)中,那个头上只有三根毛发的小男孩,他童年的不幸遭遇使他坚韧不屈,黑暗的社会加深他对自由和希望的理解。他大大的脑袋上面仅仅长有三根毛发,微翘调皮的鼻子似乎又闻到了梦中的美餐,破烂的衣服包裹着他饥肠辘辘的弱小身躯,一双小脚上总是穿着不合适的破草鞋……一个生活在中国旧社会的儿童形象感人至深。

图 3.9 《三毛流浪记》

在剧本创作中,只要恰当设置细节,一些具有特点、富有个性的细节,将会给观众留下深刻印象。

3.4.2 笑点的设置

为了让动画片看起来更加轻松活泼,动画制作商们试图用各种表现形式及手段来引人发笑。当代动画的制作,定位的受众已不仅仅是儿童,接受层没有年龄限制,3～80 岁的人群都被制作者认为是动画片的观众,可见,给观众以笑的元素和笑的精神为娱乐目的已成为当今动画作品制作过程中非常重要的一环。往往通过戏谑、诙谐、滑稽、怪诞等各种不同的调笑内容来辅助或传达故事的非理性或者游戏性。这丰富了一些走单线的影视动漫的故事情节的发展，于是调笑内容丰富的动画也就变得更丰富多彩和喜闻乐见。下面介绍几种挖掘笑点的方法。

1．滑稽的人物动作

根据动画的特性，通常可以将在真实表演中难以实现的滑稽可笑的动作通过幽默、夸张的手法来表现。

迪士尼是制造动作幽默的行家里手，其很多作品如《猫和老鼠》《米老鼠和唐老鸭》等都靠动作幽默来取胜。如唐老鸭的行为动作，编剧提取了作为一种家禽具有鸭子外形轮廓和喜欢嘎嘎叫的细节特征，塑造的唐老鸭具有略显笨拙而固执，且又喜欢发发议论这一喜剧特征。例如遇到事情发晕、两颗小眼珠子乱转、走路时硕大的屁股摆动的幅度特别大等，这些夸张变形都是让人们轻松欢快的笑点。《唐老鸭与普路托狗》中，描写了一只鸭子吞食了一块吸铁石，结果受到各种金属物品的攻击，唐老鸭富有个性的滑稽动作给人们留下了深刻的印象。

2．夸张、荒诞的噱头

在《猫和老鼠》中，猫摔在墙上变成扁片，一会儿又恢复原样；尾巴被烧后放到水中竟然像烧红的金属一样吱吱冒烟；长嘴鲸长长的喙被撞弯后竟然像铁丝一样用铁锹拍直；戴着听诊器的猫竟然被老鼠的闹钟震得耳朵上了天，跟脑袋分了家，之后又恢复原样。在《喜羊羊与灰太狼》中，每当灰太狼在抓羊失败后，都会喊出一句"我还会回来的"，然后就被高高地送上了天，之后又与喜羊羊斗智斗勇，引发一串响亮的笑声。

3．违反常规的表现

以怪诞著称的日本动画片《名侦探柯南》是一部推理侦探剧，故事常常在一片愁云惨淡或尖叫声中以悬疑的方式展开。按常理来说，杀人事件和笑不会有什么联系，但在《名侦探柯南》中却不然。在主人公柯南揭露某一杀人事件的真相之前，必有一个段落就是小兰的糊涂父亲私家侦探毛利小五郎发表的一段不着边际的所谓推理。事实上，小兰的父亲毛利小五郎出洋相已成为剧中的一大笑点。动漫中怪诞的内容往往能缓解故事情节的紧张，同时适应并吸引着特殊接受群体。梦工厂制作的严肃正剧《埃及王子》也不乏搞笑和幽默，摩西逃离王宫，在沙漠中躺倒，埋在沙子里，骆驼咬着他的头发当草吃，结果把他从沙土里拖了出来；摩西在河边喝水时，河岸对面一头绵羊嘴里含着水傻愣愣地看着他，通过这些动画中的滑稽情节，我们似乎看到了美国这个国家的民族风情。与上面两种类型不同的是，非主流动画不是以地域范围为标准，通过历史的发展而显现出来的特征，它吸收了日本和美国及欧洲的成功做法，也毫无例外地把怪诞和滑稽的情节融入到动画中去，并改造出新的调笑特征：诙谐。例如先锋实验动画、艺术动画、成人动画等这一类非主流动画制作都是从诙谐中传达自己所要表达的主题。这种方法也是希望人们能在轻松快乐中去接受创作者的思想及情感。

4. 语言

1）有趣的语言

老舍先生认为,喜剧的语言应该是"极富机智、使人惊喜""处处泼辣生动",是"一碰就响"的。在动画片创造中,语言也可以突破简单的陈述性语言和对白,化身成为俏皮话、嘲讽话、警句等多种形式。只要能够与故事情境、人物、个体性格等形成张力,就是能催生笑点的催化剂,在动画剧情中有借用当代流行的口头禅来进行渲染的,也有用愚问愚答的方式对白来制作笑点的。

首先,运用时尚语言来取悦观众,在《梁山伯与祝英台》(图 3.10)这部以凄美爱情为主线的现代动画片里,把现代气息非常浓厚的时尚语言或大众流行的口头禅作为笑料,不是古为今用,而是大转折地反其道而行之——今为古用。这种手法在马文才的台词中用得最多,活生生地体现了马文才这一丑角的特色,他一出场就运用 Rap 调做自我介绍:"你不能不知道我是谁?"语言中句句都是时尚搞笑,时不时来一句"养老津贴""花花世界""迷倒妹妹""账单我 pay""蜡笔小新"等新词新语。还有其他的人,包括手拿戒尺、声音苍老得都在发抖的私塾老师、粗俗或捣蛋的私塾学友,他们的嘴里也在时不时唱着"白马王子""女朋友""没水准""高血压""爹地""太伤自尊了"等这些令人哗然的新词,这些都无疑为动画片赢得了此起彼伏的笑声,而且惹得观众捧腹大笑。

图 3.10 《梁山伯与祝英台》

其次,用语言进行搞笑的另一种手法就是愚问愚答的方式,这种方式在《樱桃小丸子》《蜡笔小新》《麦兜响叮当》中都运用得生动自然。对于这种形式,设计出一些出乎人意料的愚蠢问答是至关重要的,它的用意并非彰显剧中人物的愚蠢,而是以此引起观众的新奇感,使他们享受纯粹语言游戏的快感。

另外,利用谐音的歧义性也可产生笑点。汉语中同音词占一定的数量,如果加上音近词、方言中的不同发音,则数量更大。利用语言谐音主要就是根据汉语的同音字、音近字和语气语调语速等音义结合的复杂性和灵活性来实现幽默语言的方法。

2）重复

弗莱在《批评的剖析》一书中指出:"重复,无论是过度还是适当,都属于喜剧范畴,因笑在一定程度上是一种反复,而且像其他诸类反复一样,笑也会受到一个简单的重复定势的限定。"简单的语言一而再、再而三地出现,当下一次再出现时,喜剧效果就产生了。例如,

《十全九美》中管家的口头禅"淡定",就因一再地重复而成为笑点。

5. 恰当的音乐

音乐在影视动画中占据了极其重要的位置,它不仅为我们的创作提供不可或缺的血液,还时刻指导我们创作的视觉符号。《感觉的淡水》这部影片就是一个最好的例证,它通过音乐的强化使影片的视觉效果与感情传达很容易被观众所理解和接受。在音乐这个至关重要因素的介入与指导下,动画更生动,更能让观众身临其境地投入进去。音乐富有节奏感,在制作中可以使用节奏的变动与变形去夸张和寓意以达到一种滑稽的感觉,往往这种音乐的变动与变形都要与画面相结合才能表现,从而达到从视听感觉上取悦观众的目的。例如,世界第一部使用立体音响的动画电影《幻想曲》,就是典型的使用音乐中节奏的变化来传达主题的。影片将古典音乐与动画结合,大多段落没有剧情,纯粹是在表现影像与音乐的巧妙配合而已,一团色彩或线条可能暗喻某些概念。用流行音乐来装饰古代生活方式以调笑的另一范例《梁山伯与祝英台》中的马文才出场,被处理成一个闪亮炫目的舞台形象,旋转的灯光下,踏着动感十足的摇滚乐节拍。这位花花公子扭着潇洒的街头舞,操一口当今乐坛最流行的 Rap 调,给观众以极其滑稽的感觉,引得大家开怀大笑,无论是成年人还是小孩看到这种镜头配着的音乐,无不露出会心的笑容。

恰当的笑点可以增强影片的戏剧性和节奏感,对于动画这种艺术形式来讲十分重要。笑点的设计需要精心安排,综合考虑,要根据主题需要、剧情发展、人物性格等要素进行设置。从一般意义上来说,为了故事的完整性,笑点不必太多。

3.4.3 巧设误会

巴尔扎克曾经在《西方喜剧·前言》中说过:偶然是世界上最伟大的小说家,如果想文思不竭,只要研究偶然性就行。误会是利用人物对客观事物的错误认识,或是人物处境、性格、气质的差异,造成一种暂时假象,从而产生误会,是通过偶然的情节来反映事物必然规律的一种构戏手法。巧设误会不失为一种好方法,它可以激化矛盾,造成波澜或悬念。我们知道,"误会"又叫"错中错",它由人们的错误性判断造成,故常常可以产生"以真为假、以假乱真"的特定情势,生发出种种笑料。在动画片中,误会可以分为三种情况:"观众和角色都误会""角色误会而观众清楚""观众误会而角色清楚"。

制造误会的技巧如下。

其一,巧布"歧途"。在情节一开始时就设计误会,然后故意领着读者在误会的"歧途"中越走越远,有时候甚至"歧途"重重,又环环相扣,最后却真相大白,被误者"迷途知返",感慨顿生。这个过程也是蓄势的过程,误会越深,给人的震撼越大。动画短片《老狼请客》(图 3.11)是由于狐狸挑拨离间造成的误会引发了冲突。老狼抓住两只鸡,去请老熊一块吃鸡,结果被狐狸瞧见,把两只鸡偷走了。狐狸在路上碰到前来赴宴的老熊,骗老熊说老狼请人做客是要割耳朵的,幸亏它逃得快,要不它就没有耳朵了,不信你去看老狼正在磨刀。老熊一看,老狼果然在磨刀,便误认为狼要杀它,赶紧逃跑。狐狸又告诉老狼老熊把它的鸡偷了,老狼信以为真,急忙拿刀去追,老熊更加害怕。老狼和老熊恶战一场,最后才明白是一场误会,上了狐狸的当。显然上述一连串扑朔迷离、曲折多变、波澜起伏、妙趣横生的戏剧情节,均是在"误会"中进行的。假设该剧没有这样一些"误会",那么情节的生动性和丰富性就将大大减色。

图 3.11 《老狼请客》

其二,伏笔照应。不论何种误会,结尾一定要揭开谜底,消除误会,至少要让读者消除误会,这样才能给人以豁然开朗的艺术享受。为此,一定要注意前有伏笔,后有照应,并且尽量安排得巧妙、合理、自然,否则,就可能露出人为编造的破绽,给人留下突兀怀疑之感。如《狮子王》中的伏笔:在墓园危机之后,狮王派沙祖护送娜娜回家,开始严肃地与辛巴谈话。辛巴很惭愧自己没有遵守规定,他说:"我只是想证明自己是一只勇敢的狮子。""孩子,勇敢的狮子是不会自找麻烦的。"狮王说完,父子俩静静地仰望满天的繁星。木法沙温和地对辛巴说:"你看夜空中闪烁的星星,他们就是那些死去的国王们。有一天,我也会到那上面去的,但我将永远俯视着你,指引你的生活方向。"照应情节为:后来,娜娜在丛林遇到辛巴,劝他回到荣耀国,辛巴十分痛苦。这天晚上,狒狒巫师拉飞奇奇迹般地出现在辛巴面前,他启发辛巴要做出明智的选择。拉飞奇对辛巴说:"你的父亲他还活着,我可以带你去看他,你跟着他才会知道怎么走。"他领辛巴来到一处水边,"你看,他活在你心中!"这时,星空中出现了木法沙的影像,辛巴又一次听到父亲深沉的声音:"你必须承担起你的责任,回到属于你的国土上去。要记住你是谁:你是我儿子,也是唯一合法的国王,要记住你的身份,记住。"渐渐地,影像消逝了。"求求你,不要离开我!"辛巴哭喊着,"爸爸⋯⋯爸爸⋯⋯"由于有了前面的铺垫,后面木法沙的灵魂对辛巴的教诲才会自然而然,不至于突兀。

3.4.4　悬念

悬念是影视剧创作者"利用观众对人物命运、情节发展的期待心理,为了使情节引人入胜,维持并不断加强观众兴趣而使用的一种创作手法"。例如,我们平时看电视剧时,经常是剧中一件事情发展的结局还没演完,这一集就结束了,很想知道事件发展动向的观众只能第二天同一时间等在电视机前观看下集。在构思动画剧本时可以利用人们的这种心理,以某个人物、事物,或某种现象、情景等,引起人们关注,却故意隐藏其结果,引起观众的急切期待,吸引观众去寻求谜底。这样巧妙设置悬念能有效地增强动画片的吸引力。正如希区柯克所说:"每个人都有'悬念癖',人类天生就有讲故事的才能,在讲述自己的故事的时候往往下意识地把悬念当成一种必不可少的要素。"悬念几乎可以出现在任何类型的故事当中:侦破片中,破案过程的逻辑推理是最典型的悬念;战争片中,各方的胜败;爱情片中,主人公的情感变化等,这些都是故事中的悬念,悬念可以牵动故事发展,形成叙事线索,如磁石般牢牢抓住观众的心。

既然悬念在影视剧中具有如此重要的地位,那么怎么样在影视剧作中设定悬念? 米克·巴尔在谈到悬念产生的原因时说:"悬念可由后来才发生的某事的预告,或对所需的有关信息的暂时沉默而产生。在这两种情况下,呈现给读者的图像都被操纵。"产生悬念有以下三种情况:①观众不知道将发生的事,剧中人物也不知道;②观众知道将发生的事,剧中人物不知道;③观众不知道将发生什么,而剧中人物知道。这三种情况都能产生悬念,如动画片《狮子王》中辛巴摔下万丈深渊,让观众担心他将会是死还是活? 此处属于第一种情况。《天空之城》一开头就看到海盗、穆斯卡都在为希达而大动干戈,甚至还动用了军队,这让观众对小女孩希达充满了好奇,她身上有什么秘密? 为什么所有的矛头都指向她? 带着这些悬念观众对希达充满了期待。《黑猫警长·会吃猫的娘舅》中,老鼠怎么会吃猫呢? 让人忍不住继续看下去。两者都属于第三种情况,至于到底用哪种方式好就要具体问题具体分析了。悬念的设置要符合剧情发展的需要,不可强行安排,同时故事结尾时悬念必须要解开,也称之为抖包袱。

3.4.5　节奏

节奏,作为一种有机的运动,是各门艺术中最基本、最活跃的元素之一。要想保证艺术作品的生命活力,创造完美的艺术形式,激发欣赏者的审美热情,保证艺术信息的传递易于感官和心理接受,实现艺术作品创作者和欣赏者思想与感情的顺畅交流,则决不能够忽略其巨大的能动作用。有人说:"节奏是事物运动和生命的表现形式。"这其中的生命含义就包含着情感,生活中离不开情感,人们经常沉浸在安宁与幸福、痛苦或忧愁之中,情绪有时激动、有时淡漠,人的情感是外界变化在人的内心中引起的反应,这些心理活动需要通过面部肌肉、形体动作和语言音调等外部形式予以表现,这就是表情。当艺术表现中表情动作的节奏控制与人们心中的生活积淀发生同构时,传情效果就实现了,节奏也就具有了传达情感的功能。在艺术创作的过程中如果忽视欣赏者的情绪感受,严重时会导致艺术作品的失败。

在动画电影中,叙事对节奏的主导作用,具体表现为叙事的三要素,即人物、情节、环境对节奏的直接作用。不同的人物性格,不同的情节结构,不同的环境,分别导致不同的节奏形态。人物性格节奏展现表现在两个方面:外部节奏与内部节奏。外部节奏是由影片情节的发展变化所产生的外在形式的节奏,即人物的动作和语言两个方面。而人物动作和语言的幅度和频率化、张弛对比,则必然地产生相应的节奏。内部节奏是指人物内心的变化所产生的节奏。就现在电影而言,内部节奏相对具有更重要的意义,但人物内心的变化是要体现在人物的动作语言表演上才能传达给观众。在迪士尼的影片中,我们所看到的善良与邪恶是清晰的,善良的人永远善良,邪恶的人会将邪恶进行到底,最终善良战胜邪恶。相对来说,宫崎骏的影片带有一种传统佛教的色彩,进入人类情感世界,成为一个精神的王国,为跌入困境意志不坚的人们找寻回归的勇气。在宫崎骏的每部动画中,你都可以发现恶人并非恶人,他们都本性善良,淳朴善良的主人公拯救的并不是世界,而是人心。《千与千寻》中的黑衣人是影片的一个重要角色,他带有对人类强烈的批判色彩,这都是从他在影片中的行为表现出来的,因为黑衣人没有语言,这将更有利于我们对他肢体语言的分析。当千寻出现在神隐世界后,黑衣人立刻注意到了她,黑衣人在行动上显得畏缩,而且尽可能地讨好千寻。当黑衣人发现人们贪图钱财后,便利用这点使全浴场的人都匍匐在他脚下,这时的黑衣人欲望不断膨胀,膨胀的欲望不但填充了他的身体还填充了他的空虚与寂寞。之后黑衣人便想以金钱去博得千寻的欢心,但他失败了,他愤怒地想要吞噬一切,包括千寻。在这一系列变化中,黑衣人先是显得畏缩,但这时他还是直立行走的模样,动作缓慢而彬彬有礼。在他掌握了人们爱财的心理后,金钱使他不再孤独,他用金钱维系着在浴场的地位。黑衣人同样认为金钱也可以使他得到千寻,当遭到千寻拒绝后,黑衣人如同野兽般匍匐在地上疯狂地追逐千寻,不断呕吐出自己吞食的东西。在他吐完最后一只青蛙后又回到了最初的模样,不会说话,温柔有礼,安静地伴在千寻身边。从不会说话到会说话,从帮助千寻到疯狂地想要占有,最后又变回自己,这个人物的变化过程节奏鲜明,层次清晰。特别是当黑衣人身体膨胀后,原先那张温柔的面具脸被一张只知道吞噬的血盆大口所代替,人物的变形设计也非常到位,使人看到那张微笑的脸还存在,但在整个膨胀的身体上显得如此小。

动画影片中,节奏的把握显得更为重要。作为一种艺术形式的表现,动画片的张力决定着影片的风格,在美国迪士尼的《唐老鸭和米老鼠》与日本宫崎骏的《龙猫》中,唐老鸭和米老鼠是一对活宝,迪士尼在影片人物的细腻刻画上下了很大的功夫,主要就表现在角色的动作表演、说话、表情的节奏上,一些夸张的表演动作还成为今天迪士尼的标志性语言,宫崎骏的动画承袭了东方的艺术风格,更加注重人物心理刻画,捕捉那种震撼心灵的节奏。

3.4.6 突转

突转,也称陡转、突变,指剧情向相反方面的突然变化,即由逆境转入顺境,或由顺境转入逆境。它是通过人物命运与内心感情的根本转变来加强戏剧性的一种技法;发现指从不知到知的转变,它可以是主人公对自己身份或者与其他人物关系的新的发现,也可以是对一些重要事实或无生命实物的发现。在创作实践中,发现通常是与突转相互连用或者同时出现的,剧本往往通过发现来造成剧情的激变。例如,索福克勒斯的《俄狄浦斯王》第四场,俄狄浦斯为了解救城市的苦难,全力以赴查访杀父娶母的罪人。最后由于报信人无意之中透露真情,发现正是自己在无意中犯下了这一罪孽,于是,一个公正贤明的国王成了一个自我放逐的瞎眼乞丐。最早提出突转的是亚里士多德,他在《诗学》第十、第十一章中认为发现与突转是情节的主要成分。长期以来,这一手法被认为是编剧艺术中最富于戏剧性的技巧,并被广泛使用。在剧本创作中,好的突转场面不光着眼于剧情的起伏跌宕,而且立足于人物刻画,力求通过情节合情合理的突转表现人物剧烈丰富的心理变化与感情活动。同时,突转要顺理成章、水到渠成。如《花木兰》中,当花木兰的英勇与睿智受到将军的表彰,突转：木兰的女儿身由于受伤暴露，而遭军队抛弃，更重要的是，匈奴单于竟从冰块下苏醒过来，率残部混入京城，趁国王为军队举行凯旋大典时，突然出其不意地成功劫持国王。

小结

本章重点讲授了动画剧本创作中情节的基础知识。了解情节、情节点和情节线的基本概念，掌握动画剧本中情节与冲突的关系，学会设置人与人之间、人与环境之间冲突设计的技巧。通过介绍36种情节模式和三段式情节模式，掌握动画剧本情节设置的技巧，通过细节的精心设计、笑点的设置、巧设误会、设置悬念、节奏和突转来创作。

实训练习

1. 观看一部动画片，写出其中动画剧本的情节设计和组织方面所采取的方式方法，分析其效果如何。

2. 参考好莱坞编剧们奉为经典的编剧时间点（表3.1），以"一只猫的故事"为题，创作出剧本故事。列出剧本中必须写的4个段落：开端、开端与发展部分、结尾的情节点，以及结局，并把它们设计出来。

表3.1　好莱坞电影的情节线

序号	段　落	英文术语	相对于110min的电影
1	开场画面	Opening image	第1min
2	呈现主题	Theme stated	第5min
3	铺垫/建构	Set-up	第1～10min
4	推动/转折	Catalyst	第12min
5	争执/挣扎	Debate	第12～25min
6	第二幕衔接点	Break into two	第25min
7	B故事	B-story	第30min
8	游戏时间	Fun & Games	第30～55min
9	中间点	Midpoint	第55min
10	敌人逼近	Bad guys close in	第55～75min
11	一无所有	All is lost	第75min
12	灵魂的黑夜	Dark night of the soul	第75～85min
13	第三幕衔接点	Break into three	第85min
14	结局	Finale	第85～110min
15	终场画面	Final image	第110min

ANIMATION

第4章　动画剧本的故事结构

众所周知,剧本的核心是故事结构。情节决定以后,就要着手从事剧本的故事结构工作,这似乎已成为一种程序。但是,在实际写作中,情节和结构并没有严格的时间顺序,往往是在决定情节的同时就已对结构做出决定。结构是建筑学术语,后来用于文章的写作,在这里结合影视剧本的结构来谈动画剧本的故事结构,其分为戏剧式结构和非戏剧式结构两种。

4.1　动画剧本的故事结构

剧本在表现一个故事时,结构是它的骨骼,所以写剧本首先要考虑整部作品的骨骼,骨骼考虑得不完善,剧本必然显得脆弱。剧本的形式应由内容来决定,那种不问内容如何,完全按照自己事先定好的框框来写作,把什么都往框框里硬塞的做法是不可取的。"结构"一词,原是建筑学中的术语,后来借用到文章的写作中,指文章的总体安排,主要包括两个方面的问题:一是文章各部分的先后顺序;二是文章各部分之间的内在联系。文章的先后顺序关系到文章的总体布局以及如何开头、如何展开、如何结局这样一些操作性问题,而文章各部分之间的内在联系则涉及文章的完整性、条理性以及层次与组合方式等问题。结构在作品中的地位非常重要,有句话形象地说明了文学作品中主题、语言和结构的关系:"结构是骨架,语言是血肉,主题是灵魂",同样这句话也适用于动画剧本的写作。对于动画剧本来说,如何组织相关的素材,使之成为有机的整体,以达到表达剧本主题的要求,这就是剧本结构的问题了。剧作者根据要表现的内容和主题内涵,把一系列人物和事件以不同的轻重、主次合理地进行组织安排的方式,我们称之为剧本的故事结构。

剧本结构的一般原则主要包括6点:第一,剧本的结构必须从生活出发,从生活出发并以它所反映的现实生活为依据,使剧本的整体安排符合客观的生活真实。第二,剧本的结构必须服从于主题的需要,结构的最终目的是为了塑造形象和突出主题,作品的主题必然地对结构起着主导的作用。第三,剧本的结构必须服从于塑造人物形象的需要,必须在矛盾冲突中紧紧围绕着对典型形象的塑造,即紧紧围绕着人物性格本身及其相互间的冲突去安排剧本的总体结构。第四,剧本结构要使剧情引人入胜,电影剧本引人入胜的力量主要来自它的内部和深层,即它所反映的生活内容逼真性和它塑造的形象的具体性和典型性。第五,整体剧本成为剪裁得当、布局合理、线索分明、层次清晰的一个统一的艺术整体。第六,剧本的结构必须借助于蒙太奇构思,所谓蒙太奇构思,就是对时空关系的特殊构思方式和对画面、声音的运动做出独特的形象的构思方法。

4.1.1 戏剧式结构

一般来说,动画剧本的故事结构分为戏剧式结构和非戏剧式结构两种。

戏剧式结构,又称为传统式结构。它一般有明显的"起、承、转、合"4个部分,也就是人们通常所说的"开端、发展、高潮、结局"4个部分。它不但要求整部剧作有一条包括开端、发展、高潮、结局的结构要素在内的情节线,而且要求每一段(场)戏中也尽量做到有其开端、发展、高潮、结局,以促使全剧大高潮的到来。目前,影院动画片多半都采用戏剧式结构,如《海底总动员》《哪吒闹海》(图4.1)、《千与千寻》《埃及王子》等。这种结构使故事的线索明确、清晰,易于被观众理解和接受,易于充分表现矛盾冲突,使情节跌宕起伏,节奏分明。戏剧式结构既然讲究对情节进行紧张而曲折的安排和处理,它就要求按照因果关系,把段落与段落之间,层层递进地、合乎逻辑地连接起来,使之构成一个相互依存的严谨的整体。同时,为了造成情节步步紧逼,达到吸引观众的效果,必然要求严格按照时空顺序,组织和安排故事情节。即使在十分需要的情况下运用倒叙、插叙,甚至闪回的手法,也只能是对主要情节做必要的补充,绝不允许从根本上错乱情节发展的时空顺序。《翡翠森林——狼与羊》(图4.2)中,在一个暴风雨的夜晚,小羊咩和野狼嘎布在林中小屋相遇相知,成为秘密的朋友。它们虽然能战胜自身的本能欲望,却无法抵御来自于各自族群及外界的压力。嘎布和咩决定抛弃眼前的一切,去寻找传说中的和平仙境——翡翠森林。故事用相遇——相知——相守这种一波三折的线性叙事结构,把整个剧情表现得跌宕起伏,生动地展现了小羊咩和野狼嘎布之间伟大而纯真的友情,以及它们与自我、与族群乃至整个森林进行斗争的过程。这是日式动画中很常见的一种剧作结构。它的节奏简单紧凑、内容清晰明了,能

图4.1 《哪吒闹海》

够在有限的时间内集中精力讲述一个复杂的故事。

图 4.2 《翡翠森林——狼与羊》

4.1.2 非戏剧式结构

非戏剧式结构,就是打乱时空次序、逻辑次序,破坏叙事的完整性,强调主题,其目的在于改变人们司空见惯的逻辑,获得叙述上更大的自由,带来新鲜冲击力。非戏剧式结构的影片出现过一些,如《非常公寓》《罗拉快跑》《黑色通缉令》等。但是由于文化艺术的发展,观众文化层次的提高,以及高科技对文艺制作和传播的支持,人们的审美越来越趋向于多元化,各种现代戏剧观念的实验作品层出不穷,如散文式、串珠式、方块式、片段式、无场次式、时空交错式等。下面就以常见散文式结构、小说式结构、心理式结构、时空交错式结构等来举例说明。

1. 散文式结构

顾名思义,它的特征与散文结构的特征密切相关。散文最突出的特征是"形散神不散",具体表现在:第一,散文选材广泛,表现自由。作者犹如骑着思想的野马,"思接千载,视通万里",不拘一格,挥洒成章。第二,散文既不像小说那样通过故事情节塑造人物,也不像戏剧那样讲究矛盾冲突,它写事写人只需选取看似零散的几个侧面,小中见大,平中见奇,散中见整,使之"形散神不散"。散文式结构最显著的特点是钟情于生活的真实和内涵,影片形散而神不散。它不看重情节的完整性和因果关系,没有明显的开端、发展、高潮、结局等结构要素,也没有显露完整的矛盾冲突线索。它比较强调细节的运用和对日常生活图景的自然展示,灵活多变,取材自由,在近似散乱之中蕴涵着真挚深沉的情感,具有一种特殊的艺术魅力,如《山水情》(图 4.3)《父与女》《牧笛》《梦幻街少女》《龙猫》等。

《山水情》是由上海美术电影制品厂于 1988 年出品的水墨动画电影。讲述了老琴师在归途中病倒在荒村野渡口,渔家少年留老人在自己的茅舍歇息所引发的一则故事。该片被公认为水墨动画至今无人超越的典范,其诗一样的气质、幽远清淡的画面已达到天人合一的境界,让人完全陶醉在由水墨制成的山水之间。该片最大的特点在于充满了隐喻性,充满了中国式的优美韵味。那把琴是文士某种精神品质的物化,文士在最后离开走向茫茫前途时,除了水墨画出的重重山峦,还有呼呼的风响彻耳际。少年的一曲古琴曲,融入少年对老者敬仰和师徒之情的乐声带动着画面变化……让每个观众从内心感受到动画者要表达的"山水情",将动画推向了高潮。整部作品充满了诗意,含蓄、苍劲,在空灵的山水之间更加重了写意的笔墨,水墨画与古琴曲完美结合,大大丰富了这部美术短片深邃、悠远的人文情怀。

图4.3　《山水情》

《父与女》是由荷兰动画家 Michael Dudok de Wit 创作的动画短片,该片是第73届奥斯卡获奖动画短篇。《父与女》向我们讲述了守候、等待与坚持的故事,表达了一个父与女之间感人至深的故事。这类动画短片的叙事方式和选材类似于散文,讲述的故事是由离散的片断组成的。创作者并没有花费很大气力去讲述一个故事,而是试图在有限的时间内表达一种情绪和思想。但是需要注意的一点是,这种散文式的结构并不是散乱和随意的代名词,取而代之的是对细节的反复推敲和对片断之间的内在关系的微妙把握,只有经过精细推敲的"散文"才能感动别人。

2．小说式结构

劳逊说:"电影完全不像戏剧;相反,它很像小说。"小说式结构与戏剧式结构的不同,通常在于冲突对手的不断变化,虽然每一个小情节都无法预料结局,却不是精心地策划悬念,没有煽情的戏份,小波浪也并不是要把观众的情绪引向高潮。德、法合拍的动画片《高卢夺宝》就是采用的长篇小说式结构。影片以卡托这条"孤独的狼",从广州出发经过上海到中俄边界积极活动,周旋于各种势力之间的生死经历为贯穿情节,刻画了李上海、俄国公爵夫人等一系列人物群像。影片中没有大吵大闹和机器轰鸣来刺激人们的感官,而是着重描写人物的内心活动和微妙的感情,欣赏起来颇有读小说的味道。

从情节结构来看,小说式结构近似戏剧式,也需要有一个完整的情节,但是它对情节的要求同戏剧式又很不相同。戏剧式注重情节,主要在于通过情节塑造形象,体现主题和吸引观众。因此,它要求组织高度集中和完整的情节结构,要求在剧本中前边出现的人、事、物,后边一定要有所照应和交代,否则,就破坏了情节结构的集中性和完整性。小说式结构要求剧作家把重点放在刻画人物性格上,情节要为塑造人物性格服务,不必脱离人物性格的塑造去追求情节结构的所谓完整性。所以,小说式结构在表现生活场景方面,除了主要生活场景之外,还需要表现众多的次要的生活场景和插曲;在表现矛盾冲突方面,除了主要矛盾冲突之外,还需要表现众多的次要矛盾冲突,让人物去面对生活中可能遇到的各种矛盾和情境,以便更细致深刻地展示出人物的内心世界,塑造出如同生活一样丰富和复杂的人物形象。从场面结构上来看,小说式结构近似散文式,也需要有场面的积累,但是它对场面积累的要求同散文式又很不相同。散文式的场面积累,不在于交代情节,也不在于刻画人物性格,而在于创造意境以渲染一种"典型的情绪"。从时空结构来看,小说式结构比戏剧式和散文式享有更充分的自由。戏剧式为了让情节具有吸引力,散文式为了达到纪实性的要求,一般都采用顺叙式结构,而小说式结构既可以采用顺叙,也可以采用倒叙,还可以采用时空交错法。这种叙述方式于戏剧式或散文式是不宜采用的。

3．心理式结构

心理式结构以人物内在的心理活动和情感变化为线索去构造情节和安排人物。它往往着力于表现人物的内心世界和对人物内在情感的剖析,侧重于人物的心理活动。它追求叙述上的主观性,常常依据人物的心境变化,用回忆倒叙的"闪回形式"和时空交叉手法,把以往的情景交织到现实的事件中来,并以此进行剪裁和布局。它不仅打破了时空的界限,还对与人物无关的过程性描述和交代加以省略,从而使结构凝练、浓缩。它不拘泥于首尾一贯的矛盾冲突,不要求所有人物都围绕一个中心事件,每场戏都为解决中心冲突而设计,看上去似乎散漫,实则匠心独运。这种结构能使作品深入到人物的精神和意识领域,揭示出人们心灵深处的奥秘,给人以强烈的真实感和亲切感。它具体可分为两种类型:一是根据人物的正常心理活动去进行结构,如我国的《小花》,日本的《望乡》《人性的证明》等;二是根据人物非理性的、下意识自由联想来进行结构,也称"意识流结构",如法国的《去年在巴里昂巴德》、意大利的《八又二分之一》等。心理式结构的影片如《回忆三部曲》,它主要以影片中人物的思想情况、心理状态进行叙事,不太注重故事的结局,主要反映的是创作者的心理过程。

4．时空交错式结构

时空交错式结构通常是指"根据人物的心理活动,近似'意识流'到思想轨迹来结构影片"。如日本动画《千年女优》以女主角藤原千代子对初恋情人的毕生追寻为动作贯穿线,穿插了她各个时期拍摄的电影片断,将她演绎过的故事与其真实人生相交织,给观众以时空不断跳跃的感觉。虽然时空交错,真实与幻觉相互渗透,但是还是严格地按照主人公一生经历的时间顺序表述的,所以并不会让观众感觉混乱。在表现主人公心理的时候,又大量运用闪回、幻觉等主观镜头,快速变化的节奏让人目不暇接。整个影片没有明显的起承转合,也没有特别强烈的戏剧性高潮。而《萤火虫之墓》主要是打破现实时空的自然顺序,将不同时空的场面,按照一定艺术构思的逻辑交叉衔接组合,以此组织情节,推动剧情的发展。它在时空程序上将过去、未来,将回忆、联想、梦境、幻觉等和现实衔接在一起,形成独特的叙述格式,获得了很好的艺术效果。这种方式一般采取主观形式的叙述格局,用视觉形象直接描绘人物或作者的思想感情及内心世界,因而使剧作整体呈现出主观的心理色彩,具有情绪感染力。

4.2 动画剧本结构过程

动画剧本中的戏剧冲突其实就是整部作品的内容基础,"戏剧冲突"这个词来源于拉丁文 conflitus,可翻译为分歧、争斗、冲突等。正是由于一方面同另一方面存在着这样或那样的矛盾冲突,才得以使整部作品产生和发展。前面已经对传统式结构做了介绍,明确了故事一般由4个部分组成,即开端、发展、高潮和结局。写剧本要按照这4个部分有序展开,完成整个故事的叙述,深深吸引住观众。

4.2.1　故事的开端

一般认为,故事情节的悬念来自冲突,没有冲突就没有故事情节,故事情节的根本动力来源于冲突:一个题材是否适合创作取决于该题材是否包括冲突;一个情节是否具有可看性取决于冲突的强弱。动画片的情节主要是在冲突的基础上设置戏剧化的情节,并以此构成一个光怪陆离的奇妙世界,展示有趣的人物和具有启发意义的创作意图。英国近代戏剧理论家威廉·阿契尔在《剧作法》中提到:"如果人物不在很早的时刻入戏,而且决定戏发展的话,那么作为一件艺术作品来说,这个剧本是没有什么价值的。"这里的戏就是指冲突,认为冲突要尽早在开端部分体现出来。开端部分主要涉及以下内容。

(1) 故事发生的时间、地点及背景;

(2) 主要人物的身份、性格及相互之间的关系;

(3) 着手于冲突的开展,做好铺垫,预示矛盾冲突的走向和事件的发展趋势,激发观众心中的悬念;

(4) 营造全剧的氛围和基调。

例如,美国动画片《虫虫总动员》的开端部分:蚂蚁们每年都在辛苦地收集食物,并把食物献给霸王蝗虫,以此交换太平。然而有一天,菲力却无意中把所有的食物都推进了水沟,蝗虫拿不到食物,向蚂蚁发出严厉的威胁。蚂蚁们不得不面临两难的境地,再次重新准备食物,蚂蚁们将没有时间为自己过冬储蓄,陷入饥饿的绝境,但是蚂蚁们又没有拒绝蝗虫的勇气。分析故事开端,带领观众认识了故事的背景和主要人物,还有重要的人物关系:生活在蚁岛的蚂蚁王国,他们的领导者是年迈的蚁后,蚁国最可怕的敌人是霸王领导下的蝗虫们。菲力是一只普通的蚂蚁,脑子里却有很多不合时宜的古怪想法:收割麦粒的机器,水滴和树叶做成的望远镜。在故事的开端,这种介绍是作者一定要完成的任务,观众了解背景和故事,才能进入到故事情节和人物命运中。就故事框架来说,这部分把主要矛盾的起点展现出来——蝗虫对蚂蚁的致命威胁,蚂蚁们要自救。同时这也是吸引观众的一个重要悬念——矛盾怎样解决,故事如何发展,激发了观众心中的悬念,吸引观众继续观看下去。《海底总动员》中小丑鱼马林与妻子正在产下的鱼宝宝身边畅想未来,一幅充满温情的画面被一只突然出现的凶恶鲨鱼打破,惨剧就这样发生了,鲨鱼吃掉了鱼妈妈和鱼宝宝,剩下鱼爸爸和唯一幸存的鱼宝宝尼莫成为故事的主角,父子俩将怎样生活呢? 由此奠定了感情基调。这就说明,动画剧本的开端要尽快入戏,不能脱离剧情孤立地去介绍时间、地点、人物、戏剧情境,编剧务必找一个恰当的情节,巧妙地把它们展示出来。

开端的主要任务是引起冲突,但是,剧本的开头并不等于故事的开端,也就是说,开头不一定是事件的起因。下面介绍几种处理开端的技巧。

(1) 设置悬念。在开端部分将疑问提出,一个未知的世界、一些剧中人物看不到而观众可以看到的危险、蛛丝马迹、异样的气氛、神秘事件等,都可作为设置悬念的载体。例如,

《怪兽屋》在开头就设置了一个悬念——怪老头为什么不允许孩子们靠近他的房子？营造了一种神秘的气氛，让观众产生好奇心，激发了观众的注意力，想一看究竟那栋房子或房子的主人有什么不可告人的秘密呢？接下来，将会使观众带着这个疑问继续观看，直到疑团被解开。

（2）以旁白开头，以朗读的形式直接将观众带入一个神秘的故事之中。这种形式被很多人采用，如《美女与野兽》(图4.4)中以旁白开始，交代故事发生的背景。"很久很久以前，在一个遥远而又美丽的城堡里住着一个年轻的王子，虽然他拥有了一切他想要的东西，但这个王子却被宠坏了，他的脾气非常暴躁而且自私，在一个寒冷的夜晚，城堡前来了个又冷又饿的老太婆，她要用一朵玫瑰花，去跟这个王子换取一个能栖身的地方，王子不屑于衣衫褴褛的老太婆的玫瑰，并且很残忍地把她赶走，这个老太婆警告王子不要只看外表，内在才是最美丽的根本，王子不理会，凶狠地赶她离开，突然这个丑陋的老太婆变成了一个非常美丽的女人，王子赶忙向她道歉，但是已经太迟了，因为她发现王子没有一点儿爱心，为了惩罚他，她把王子变成了野兽，并对整个城堡以及里面的人发下了咒语，巨大而恐怖的野兽羞于他的外表，而终日把自己锁在城堡里，只有一个魔镜，可以看见外界的情形，那个女人留下的玫瑰变成了魔法花，将在王子21岁时绽放，如果在最后一片花瓣凋落之前，王子能够学会爱人，并且有人爱他，那所有的咒语就会解除，否则，他就会终生是一头野兽了。时间一天天过去了，他陷入了失望与绝望中，因为有谁会去爱上一头野兽呢？"故事就从这里开始了。这种写法在《十二生肖的故事》《熊的故事》等动画片中同样都有应用。

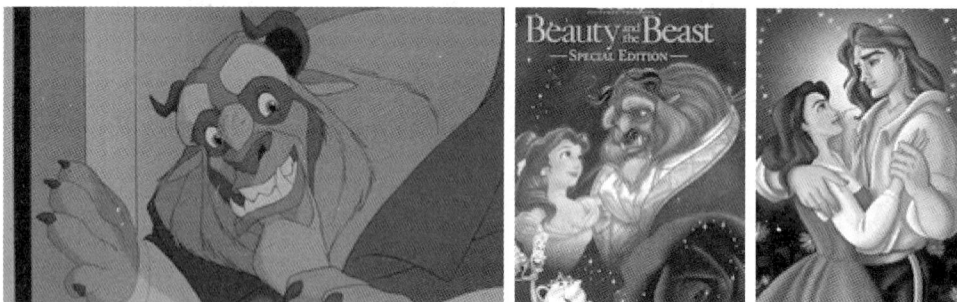

图 4.4 《美女与野兽》

（3）以动作开头。以这种方式开头，是动画片的常见形式。在激烈的动作中展开剧情。可以在最短的时间里吸引观众的注意力。例如，《花木兰》一开场就是守卫边疆的战士发现长城的城墙上扔来无数的飞爪，敌军进犯，狼烟四起；《功夫熊猫》中片头的功夫展示。

（4）设置序幕。序幕在戏剧中被称为"剧本的帽子"，是剧情正式展开之前的一场戏。在动画片中是否运用序幕，要根据是否有利于故事的表现来决定。

一般来说，故事的开端是影片的开场，具有十分重要的意义。开场要吸引观众，使观众尽快进入情境。开场形式多种多样，以服从剧本内容为前提，以新颖、别致、吸引观众为准则。不论使用哪种技巧，开端是剧本整体的一部分，要与整个故事的风格保持一致。

开端部分设置激励事件。激励事件就是菲尔德的情节点Ⅰ，主要指"故事讲述的第一个重大事件，是一切后续情节的首要导因。它使其他4个要素开始运转起来——进展纠葛、危机、高潮、结局"。设置激励事件是开端部分的核心内容。当一个激励事件发生时,它必须是一个动态的、充分发展的事件,它必须使人物的生活状态打破平衡。如《海底总动员》中小丑鱼尼莫的丢失、《千与千寻》中父母变为肥猪,这些激励事件使主人公原有的生活被打破了,失去了平衡,激励主人公做出反应,采取行动恢复平衡。在《海底总动员》中尼莫的父亲不可避免地要展开营救,寻找尼莫。在《千与千寻》中,千寻便开始寻找汤婆婆要求工作,以免被变成猪或其他动物,想方设法解救父母,这是她为实现新的平衡所做的努力。

4.2.2 故事的发展

发展是开端揭开矛盾冲突以后,主要矛盾及其他各种矛盾冲突相互纠缠在一起,不断发展激化直至高潮出现之前的情节描写过程。其特征是整个剧本的情节主干,是把情节推向高潮的基础。在剧本中,发展部分的重要作用是为故事情节的高潮积聚力量,这种积聚不是平铺直叙,而是不断制造悬念,不断制造小的波澜。

在剧本发展部分中,设计了很多跌宕起伏的变化,同时,在发展部分即将结束的地方,又为剧本的"高潮"部分奠定了基础,积蓄了力量,人物关系和人物命运都发展到了一个关键时刻,有待解决。同时,在高潮来临之前,编剧安排剧情进入一个最为低沉、危急的段落,无论是人物内心世界,还是危机的严重性,都处于一个最低点,这种"低"为此后的"高"做了一个弹跳起点,强烈反差,使之后面到来的高潮爆发出更强的情感力量。

发展部分设置的内容如下。

(1)要将剧中的主要矛盾和次要矛盾错落有致地安排好,把主次矛盾有机地组织起来,当矛盾纠结在一起时,要主次分明。

(2)随着发展部分矛盾的逐步深化,要产生"紧张感",并将这种"紧张感"逐步加强,不让它松弛下来,必须要符合冲突激化的发展规律,让其跌宕起伏,有一触即发之势。

(3)情节的发展要有不可预测性。这种不可预测性要通过观众来体验,而不是编剧,达到"曲径通幽"的效果。

(4)动画人物的动作要不断推进剧情的发展,同时要按照人物个性发展来安排冲突。

发展部分设置的技巧如下。

1. 设置纠葛

纠葛是指剧中角色之间、角色情感之间、事件之间的矛盾冲突交织起来,即在角色之间形成一个复杂的网络,使其互相纠缠、冲突,从而为角色的生活制造磨难。如《幽灵公主》中,山猪和人类展开了最后的斗争,黑帽子大人和疙瘩和尚则悄悄地潜入山兽神的森林中去猎杀山兽神。小珊带领犬神和山猪向人类的挑衅发起总攻,黑帽子大人射下山兽神的头颅,山兽神变成黑色的荧光巨人,各种人物关系存在必然的联系,交织到一起,形成了复杂的冲突。

2. 暗藏危机

危机是转折点,是形势面临的重大变化。危机是戏剧式结构的动画片的基础。一部影片总是由许多小危机汇集成大危机。针对"高潮"而言,我们可以把这些小危机称为"小波浪",如果每个"小波浪"都有它独特吸引人的地方,有自己的节奏和起伏,有自己的小高潮,并且一个强过一个,最后水到渠成地积聚成大危机,剧情便自然而然、令人信服地进入高潮部分。这里有一个成功的例子———一座小城,一场婚礼,两个新娘,两个世界,这就是著名的《僵尸新娘》(图 4.5)。这部影片全片总共 76 分钟,仅"发展"部分就将近占据了 50 分钟,一共设置了 6 个小波浪:"受困冥界""设计逃跑""障碍绝望""被迫另婚""婚礼计划""群鬼还阳"。这些小波浪都是紧紧围绕着主线,根据事件和人物情感变化而设置的,一个比一个强烈,最终将矛盾冲突引入高潮跨界婚礼。"小波浪"的设置往往关系到整个影片的质感,绝对不能草率。一个危机缓解之后,紧接着又出现另一个危机的萌芽,这是设置危机的常规。

图 4.5 《僵尸新娘》

4.2.3 故事的高潮

高潮是剧情前面所积累矛盾的一个爆发点,展示主人公真正的内心世界,故事的高潮是主要矛盾发展到最紧张、最激烈、最尖锐的阶段,是决定人物命运、事件转折和发展前景的关键环节。

在一部动画片中,高潮往往是给观众留下最深刻印象的部分,因为这个段落的情感力量最浓烈,情节的张力最大,所以,为剧本设计一个精彩、有震撼力的高潮,是创作者需要考虑的很重要的一部分。高潮的设计要符合故事的整体安排,和前后的情节有逻辑和情感上的联系,是建立在全剧主题上的。高潮是剧情前面所积累矛盾的一个爆发点,在这部分主人公将展示真正的内心世界。

《怪物公司》(图 4.6)情节的高潮是毛怪和球怪迈克抱着小女孩阿布在公司各种机关下逃跑,与紧追不舍的公司老板及手下周旋后脱险,而情感的高潮则是毛怪送小女孩回卧室,与其依依不舍的告别。《美女与野兽》情节的高潮是野兽与加斯顿在暴风雨中的决斗,情感的高潮则是野兽临死前贝儿在他胸前悲痛欲绝,魔咒解除,天空落下花雨,野兽变回王子。如果说情节高潮给观众带来一个叹为观止的视觉奇观的话,那么情感高潮给观众带来的则是一种全身心的情感互动。

平淡的剧情也是一种表现形式,平淡的情节中也蕴藏着高潮,只是蕴藏得不易让人发

图 4.6 《怪物公司》

现而已,这就需要创作者具有很强的创作功力。如《牧童》《山水情》等采用水墨画的形式来表现,虽没有波澜起伏的情节,但韵味悠长。对于初学创作的人来说,高潮起伏转折远比平淡的剧情要好处理。我们要学会制造高潮,待写作经验丰富之后再尝试将高潮暗藏在剧情中。下面介绍几种高潮处理的技巧。

(1)转折。即从与前文相反的角度出发展开情节,制造意外效果,将故事推向高潮。制造出人意料的效果,加强情节的张力,引起观众的好奇心理,提高观众对故事的兴趣。转折通常出现在故事的前段与后段。前段的转折一般用于开启故事和揭示出主角即将面临的种种磨难;而后段的转折则用于主角解决危机,结束故事。如《功夫熊猫》中,当阿宝知道所谓的"神龙宝典"其实是一纸白卷,空无一字,而"无敌面汤"也并没有所谓的独家配料,这使故事的冲突发生了转折,矛盾被激化达到了高潮。

(2)深入。即采用进一步推进情节发展的方法,将故事推向高潮。在情节发展的过程中,顺理成章地进一步推动情节,走向故事的高潮,虽然没有转折,但是情节的发展与主题的表达相一致,更有利于主题的表达。如《僵尸新娘》的高潮部分就是跨界婚礼,这是全剧最紧张、最激烈的部分。

(3)起伏。即高潮部分并非是一浪高过一浪的不断向前发展,而是要迂回曲折,起伏多变。如《虫虫总动员》的高潮部分:蝗虫赶来,囚禁蚁后,威胁蚂蚁们交出所有粮食,情势紧张。马戏团演员和菲力回援,马戏团假装为昆虫表演节目,吸引它们的注意力,蚂蚁公主等乘机启动假鸟,蝗虫们四处逃窜,情势松弛。可惜假鸟被跳蚤点燃,露馅了。蝗虫们围住蚂蚁,霸王抓住小公主,情势紧张。菲力挺身而出,他的勇气带动了同伴,蚂蚁联合起来发动进攻,蝗虫们落荒而逃。霸王被捉住绑起来,情势松弛。但下起了大雨,蚂蚁纷纷逃避,霸王逃脱,乘机抓住菲力,情势紧张。在对峙中,遇到一只真鸟,菲力隐藏起来,可霸王仍误以为是假的,结果成为鸟的美餐,情势松弛,高潮的情节经历了一个不断反复的过程:劣势——即将取胜——露馅失败——挺身对抗——取胜——下雨,霸王逃脱抓走人质——周旋取胜。在跌宕起伏中,高潮才扣人心弦。

4.2.4 故事的结局

高潮过去,紧跟着就是故事的结局,是问题的终极答案,所谓结局,就是故事的结果,或悲、或喜、或两者兼而有之,再也不要生出什么枝蔓了,情节发展的最后阶段矛盾冲突已宣告结束,人物性格的发展已经完结,事件的变化有了结果,主题得到了完整的体现。

对于动画剧本的整个结构而言,结局是相当重要的,结局好比是目的地,只有决定了目的地,才能选定出发点(开端),才能决定走哪条路,用什么方式、什么事件将观众引导到目的地去(发展和高潮)。一个印象深刻、充满回味、令人深思的结局,同样影响着整部影片的成败。这就要求动画编剧一定要注意影片结局的重量感,故事的开端、发展、高潮都写得精彩纷呈,结局却轻描淡写、草草了事的作品往往让人感觉头重脚轻。结局的重量感主要来自"创意和情节力度":一方面,故事结局能不能给观众一个意外,当然这个"意外"必须安排在"情理之中",它是按着故事脉络发展而来,符合剧中人物的心理动机,顺应观众的期望和心愿。

《怪物史莱克》给我们一个有创意的意外结尾。丑陋的怪物和美丽的公主深深相爱,真爱产生了魔力。正常的思维模式,爱情一定会让两人变成俊男美女,因为《灰姑娘》和《美女与野兽》都是这么告诉我们的。但是这部电影却给我们一个意外,虽然也有人变身,公主被爱的力量变成了和史莱克一样的怪物。《冰河世纪》在影片结尾,长毛象一行终于如愿地追到人类,长毛象看着前面的人类,眼神复杂,因为是他们杀害了自己的父母。而人类的父亲看到长毛象长得像曼菲德,他本能地拿起自己的武器,长毛象默默用力地将武器扔在地上,长长的鼻子扬起,动作像拳头,当所有的观众以为他会用鼻子回击过去的时候,我们瞠目结舌地看到:他从自己的脖子处钩出了一个童真的孩子。就在这个时候,孩子的父亲呆住了,观众呆住了。一切仇恨在这个瞬间被人性的光辉湮灭。

在结局的处理上需掌握的技巧如下。

(1)结局是一个过程,是矛盾的解决。结局不等同于结尾,结尾是全剧结束时的一个场景、镜头或段落,是结局的一部分。

(2)结局是相对而言的,并不是事件绝对的结束,因为生活还在继续,事物也在发展,因此在结局部分要预示生活和发展的方向。

(3)结局要让观众有所思、有所感。在一定意义上,这是作品是否具有生命力的体现。例如,《雪孩子》和《九色鹿》都是达到这种效果的好影片,让观众回味悠长。

《雪孩子》描述了一场美丽的大雪过后,小白兔和妈妈堆了一个可爱的雪孩子,雪孩子给小白兔带来了快乐……但是后来,为了解救大火中的小白兔,雪孩子却融化了。它飞到了空中,成了一朵很美很美的白云。雪孩子的勇敢和善良会深深留在孩子们幼小的心灵之中,并会慢慢发芽长大,从而使孩子们在长大成人之时,会在自己的内心深处感触到真、善、美。

一般来说,对于戏剧式的动画片,故事结构一般由"开端、设置矛盾、解决矛盾、再设置矛盾,直至结局"组成,也就是开端、发展、高潮、结局4个部分,我们要掌握和借鉴成功的结构方法和技巧,因为完整巧妙的结构会使主题更加突出,人物性格更加鲜明,情节更为生动,因此我们在创作中要重视故事的结构。

小结

本章重点讲解动画剧本的故事结构和动画剧本结构过程。剧本的核心是故事结构。结合影视剧本的结构来谈动画剧本的故事结构,其分为戏剧式结构和非戏剧式结构两种。

动画剧本中的戏剧冲突其实就是整部作品的内容基础。故事情节中的开端、发展、高潮和结局4个部分通过矛盾冲突来推动故事情节发展。

实训练习

1. 分析动画片《小蝌蚪找妈妈》中故事结构的4个过程，即开端、发展、高潮和结局，以及如何推进故事发展。

2. 以"学以致用"为题，按照故事的开端、发展、高潮和结局来写一则5min的戏剧式结构的剧本，其中要有激励事件、人物间的纠葛和意味深长的结局。

ANIMATION

第5章 动画剧本人物的塑造

美国著名的编剧和制作人悉德·菲尔德认为:"人物是电影剧本的基础,它是你故事的心脏、灵魂和神经系统,在你动笔之前,你必须了解你的人物。"因此,塑造鲜明生动的人物形象,也是动画剧本创作的根本任务。

5.1 动画剧本塑造人物的重要性

对于动画剧本来说,人物是动画剧本描写的主要对象,是构成动画艺术造型形象的主体。塑造鲜明生动的人物是动画片的根本任务。塑造出一个好的动画人物,能够跨越漫长的时间与不同的文化背景,被广大观众喜爱。所以在动画剧本写作的过程中,要重视对人物的刻画和塑造,塑造丰富多彩的动画人物是动画创作的中心任务。

以夸张的手法刻画主人公,动画剧本自身的特殊性,也决定了这种形式很擅长刻画人物。大多数动画片的剧本中,人物设计得善恶分明,一般以类型化的手法来塑造主人公。故事主线索单纯,情节发展的跌宕起伏十分明晰,人物之间的矛盾也不那么极端尖锐。例如,《猫和老鼠》考虑到儿童观众的心理特点和观赏需要,客观上,动画剧本的故事情节已经不仅是抓住观众,而是要增加吸引力。创作者要用更多的空间,更多的笔墨去刻画人物。作为观众,我们通常会有这样的亲身感受,一部动画片看过之后,在脑海里印象最深刻的就是里面的动画人物。那些人物直接成了动画片的代称,像《米老鼠和唐老鸭》《铁臂阿童木》《樱桃小丸子》《名侦探柯南》《喜羊羊与灰太狼》等。其实,从这些动画片的名字当中,我们就已经发现了创作者力求把动画人物推到最前面的意图。同时成功的动画人物,也可以为动画片后续的产业运作带来巨大的效应,如网络游戏、主题乐园、玩具、图等。因此,塑造动画人物形象是剧本创作的第一要务。

5.1.1 人物的设定

主人公具有唯一性,是戏剧矛盾的中心。动画片主要人物要突出、鲜明,强调主人公在剧中的唯一性。迪士尼总结过自己的创作经历,他认为动画片需要一个强烈而有吸引力的中心角色。这里面"一个"也可能是"一组",主要是为了说明人物刻画要集中,主要人物要突出。很多商业动画片,都在着力塑造一个主要角色,从动画片的名字就能看出来,如《怪物史莱克》《机器猫》(图5.1)等,这样的安排,使这个特定人物命运线索和故事的起承转合融为一体,影片中的笔墨更为集中,人物形象更能够鲜明地突显出来。

图 5.1 《机器猫》

我们在剧本写作过程中,要在故事的各个段落都能够把握人物的性格,时刻保持对人物基调的感受和控制,避免人物在漫长的故事进展中变形。一旦人物脱离既定性格,就会导致人物失去稳定的形象。因此,对于初学者,在正式进入剧本创作前,要对人物进行基本的设定,在创作中对人物有一个认识的过程,如同认识一个现实中的人物。

1. 人物的基本设定

基本设定人物的简历,也就是在设定剧情上会运用到的基本数据。主要包含主要角色的姓名、性别、血型、年龄、籍贯、受教育程度等信息。

1) 姓名

动画片人物姓名可以从以下两个方面来设置:一方面,姓名可根据角色的外形特征、性格特征、特长爱好、身份地位、社会流行元素等因素进行设置,如《铁臂阿童木》中的阿童木、《机器猫》中的机器猫、《狮子王》中的蓬蓬和丁满、《聪明的一休》中的一休、《猫和老鼠》中的汤姆(Tom)和杰瑞(Jerry)等;另一方面,姓名的字面意思要新颖、别致、具有亲和力,读起来要朗朗上口,不能产生歧义。

2) 性别

动画片中的人物形象都是虚构的。尽管有些形象有社会原型,但还是对原型进行了极度的夸张和虚构。因此,动画片中人物形象的性别设定不仅限于"男""女",也可以有介于"男""女"之间的中性。不过在一般情况下,都要对角色的性别进行明确规定,以便于剧本的创作。

3) 年龄

对动画片中主要人物形象的年龄设定,直接影响到人物的语言、行为方式等,只有在知晓所塑造人物年龄的情况下,才能更好地把握人物的对白和剧情的变化。如《蜡笔小新》中的小新是一个正在上幼稚园的 5 岁小男孩,他喜欢模仿动感超人,时不时地"呵呵呵呵"傻笑,放学回来总是说:"妈妈,你回来了"。这些语言和行为都符合一个 5 岁孩子的特征。

在动画片的创作中,所设定的主人公的年龄,一般情况下要与动画片受众的定位相一致,这样才能引起观众的共鸣。

4) 人物内在性格

动画人物的个性特征必须十分明显。对于观众来说,这些生动的角色并不是空虚的影像,而是高度浓缩了的人性,是对现实生活中人物或动物的抽象和夸张。对动画形象性格的设定,不要面面俱到,而是要体现出性格中的重点。

5) 人物的能力和爱好

给动画角色赋予某种超能力或某种特别的爱好,不仅丰富了人物的形象,还可以作为故事情节的小插曲,增添趣味性,给观众留下深刻的印象。如动画片《小鸡快跑》中那只最肥胖的母鸡一刻不停地织毛衣,甚至在大家乘"飞机"大逃亡的关键时刻,它忙着踩脚蹬,手上仍旧不放下自己的毛线针,此处把"爱好"表现得淋漓尽致。

2. 人物的形象设定

人物的形象设定是由外在的造型所确定,造型是产生戏剧化的重要因素,观众的第一印象就来自于造型。在剧本写作中,应该对每一个形象,特别是主要形象进行文学肖像式的文字描写,为以后的制作提供文字依据,以便使人物形象符合剧作的整体构思。因此,人物形象的成功设定是动画片成功的非常关键的因素。

(1) 相似性形象。即动画形象与现实中的人物、动物、物件、现象等基本相像,很容易辨认出来。例如,米老鼠、唐老鸭、阿宝等动画形象尽管极力加以美化、幽默化,但相貌和动作与现实中的老鼠、鸭子、熊猫非常相像,一眼就能辨认出来。

(2) 变异性形象。即对现实世界中的各类形象加以改变、变形,只保留原型的某些特征,突出其个性。喜羊羊的形象是在人的骨架中加以羊化,是人的变异,也可以说是羊的人化,相貌动作基本有羊的特征。

根据动画的特性,人物形象设定主要通过夸张来表现人物的特点。动画人物的造型本身是创作者精心设计的,完全不必拘泥于"人"的外形,有极大的创作空间。其造型更可以与人物性格,甚至能和故事情节发生紧密的联系。例如,我们看到的机器猫,它本来是一只猫型的机器人,可是耳朵却被老鼠吃掉了,结果只剩下圆圆的脑袋。因而,无所不能的机器猫最害怕的就是老鼠。这个造型和机器猫的内心世界有着微妙的联系。同时,对人物形象要进行准确的定位,以体现整部作品的风格。

(3) 完全虚幻性形象。现实世界中根本没有任何对应物的神灵鬼怪之类的形象,完全是创作者想象出来的,没有丝毫的现实依据。如《千与千寻》中的腐烂大人、大白大人、锅炉爷爷、假面罗神灯。

(4) 抽象化的形象。一个线条、一个图形或一个板块运动与活现起来,仿佛有意识和生命,这类形象多出现在实验动画片中。如动画短片《铁丝》讲了一个铁丝人的故事,它具有人的性格,拿铁丝"创造"自己的生活——房子、家具、女友……隐约的外来威胁又让他不安起来,于是拆了所有的家当甚至女友来折出围墙,最后发现自己被围困在了铁丝牢笼之中。

短短的几分钟里,把人生的"得与失"戏剧化地表现了出来,那有限的铁丝象征了人们有限的时间和精力,特别是影片当中所有的人物、道具都是由铁丝折成,这种形式的创意与故事富于象征意义的风格正好匹配。另一个动画短片《小顶屋咚咚摇》,成功地将抽象的山和具体的故事夸张地结合在一起,给观众以耳目一新的感受。

5.1.2　人物设定遵循的原则

1. 人物的设定必须遵循独特性的原则

经过夸张和幻想,动画片中的人物个性更鲜明独特,没有了现实逻辑的拘束,作者可以海阔天空地去想象,创造人物最为鲜明的"特点",你会看到,动画人物常常掌握许多常人不及的"神力"。这样的精心设计,使动画人物比一般人物形象在剧情里更容易突显出来,留在观众的记忆中。

例如,法国动画短片《墨水》讲述了一滴墨水在小空间的短暂旅程。小空间里面有各种形状的积木块儿,墨水就在这里面行走、跳跃,从它的姿态中,就能感觉到好奇、快乐的情绪,就像个溜出屋子的小孩儿。大概是太兴奋了,墨水不小心一头撞上了积木块,顿时散成许多颗小墨滴,就在观众为它担忧的时候,小墨滴重新聚合起来,墨水又恢复了原样。这些在现实中不合逻辑的奇特情景,带给观众一种动画独有的新鲜趣味,极富想象力。

2. 人物的设定必须遵循"人性之美"的原则

观众对于动画人物的喜爱,一方面是对其独特的形象感到新鲜和有趣;另一方面则是把动画人物真的当成"人",如具有善良、聪慧、爱心等人性之美的特征,才会与观众感情交流产生共鸣,让其很自然和熟悉地描述出某个动画人物的性格特征、习惯动作,甚至模仿动画人物说话的语气。尤其是一些小观众,非常喜欢模仿动画人物的行为和语言。所以,生动的动画人物对于观众而言,不仅是一个影像,而是高度浓缩了人情、人性,以简洁的笔调勾勒出人生百态,动画人物身上既有了人性,但又比真人更戏剧化,更富于幻想,显得亲切又个性鲜明,体现动画人物特有的人性之美。例如,很多人在观看《喜羊羊与灰太狼》时,对灰太狼的形象喜爱有加,灰太狼一度引起许多职场人士和年轻女性的追捧。对于广大职场人士来说,他们看到了灰太狼执着与坚韧的品质,看到了善于思索和研究的精神,这些正是职场人士所需要的。对于年轻女性来说,她们看到的是灰太狼作为丈夫的忍辱负重,对妻子的言听计从,对家庭的责任,于是很多人都发出"嫁人就嫁灰太狼"的感慨。

美国哥伦比亚广播公司这样评价动画大师迪士尼:"他明白纯真的童心绝不会掺杂成人的世故。然而,每个成人却保留了部分未泯灭的童心。对小孩子来说,这个令人厌倦的世界还是崭新的,还是有着许多美好的东西;迪士尼努力把这些新鲜、美好的事物为已经厌倦了的成人保留了下来,这是全世界的一笔宝贵财富。"这些永远不会衰老、没有花边新闻的动画人物,是小观众幻想中的神奇伙伴。同时,动画人物对于那些想"闹中取静"的成年观众来说,也是最好的心灵慰藉。当身边的一切都匆匆变化,复杂纷繁的社会令人焦头烂额的时候,只有这些屏幕上的老友依然如故,这种单纯和温暖正是动画片独有的魅力。可以说,动画世界是人们宁静清澈的心灵故乡。

5.2 动画剧本人物关系的梳理

动画剧本人物是指在动画中出现的人物,它不单单指"人"。在对人物进行基本的设定以后,我们需要对人物的数量、人物的关系配置等进行考虑,恰当地设置人物关系是影视剧作构思的焦点所在。设置人物关系不是简单地将人物划分成正面人物与反面人物、好人与坏人、英雄与恶棍,而应该从现实生活的逻辑出发设置合理的、充满生命力的人物关系。动画影视剧本的人物设置不同于文学作品,受到时间和叙事方式的限制,动画剧本不可能容纳太多的人物和复杂的人物关系。因此动画剧本人物关系的设置应当遵循单纯性与复杂性相统一原则,人物的数量和彼此之间的关系要根据剧本故事的篇幅、题材和主旨来精心设计,要使每一个人物都有自己的任务和行为,在各自不同的角度、不同的场景中为整个剧本故事出力,避免多余人物和不必要的人物关系出现。对于剧本而言,所设计出来的人物都要体现出它们的"有用性"。

5.2.1 类型化人物和个性化人物

类型化人物是指按善恶、美丑对立的二元论,将人物局限在某一定型的性格特征类型中。个性化人物多指具有多侧面和复杂性,性格特征明显且呈现出发展、变化的态势。动画片中人物性格特征有限且鲜明,易于观众领会和把握,因性格指向明确,易赢得观众的认同。

从动画人物性格类型分析,动画人物具有类型化的性格和天真的孩子气。类型化人物容易把握。类型化人物性格明显,往往可以用一两个词来概括人物性格。比起现实生活中的人物,类型化人物的性格经过了提炼和夸张,并用生动的细节加以充实,更加鲜明。下面介绍如何塑造类型化人物。

(1) 用感性、概括的想法进行人物定位;

(2) 提炼"原生"人物,对人的特点夸张、放大,甚至极端化。

相对而言,个性化人物性格会随着剧情的发展而完善。但是类型化并不等于定型化。

5.2.2 主要人物和次要人物

迪士尼总结过自己的创作经历,他认为动画片需要一个强烈而有吸引力的中心角色。这里面的"一个"也可能是一组,主要为了说明人物刻画要集中,主要人物要突出。因此,动画片中的人物有主要人物和次要人物之分,二者组成了矛盾冲突的核心和情节的轴心。

按照在剧情中的叙事作用,人物可以分为主要人物、次要人物和其他不具备叙事功能的人物。

1. 主要人物

这类人物具有叙事功能,构成冲突的双方,是参与事件并做出了某种推动故事剧情发展的行动人物。在剧本写作中,要明确哪个人物是主要人物,哪个人物是次要人物,主要人物一旦确定,那么剧本主要的矛盾冲突都要围绕这个人物来展开。在大多数的商业动画片中,我们从动画片的片名就可以领略编剧的用意,很多动画片的片名就直接用主人公的名字来命名,如《怪物史莱克》《罗宾汉》(图5.2)、《加菲猫》《蓝精灵》(图5.3)等。这样的安排旨在笔墨集中地去塑造一个或一组主人公,使这个特定人物的命运线索和故事的起承转合融为一体,人物形象更能够鲜明地凸显出来。相对一般的影视剧,无论是影视动画片,还是系列动画片,它们的容量都较小,故事情节也比较简洁,塑造人物时更应该集中发力。所以,在构思动画剧本的时候,一定要首先明确哪个人物是要着力表现的,那么主要的戏剧矛盾、情绪氛围,都要围绕这个人物展开。

图5.2 《罗宾汉》

图5.3 《蓝精灵》

2. 次要人物

主要人物是剧本中唯一的,次要人物可以有很多。动画片《花木兰》(图5.4),为了突出花木兰这个主要人物,显示她的机智和灵敏,创作者设计出一系列围绕花木兰身边的人物,鲜明地衬托出主人公。构思剧本时,恰当设置人物的关系是一个贯穿全剧的工作。"红花尚需绿叶扶",主要人物是剧作的核心,通常处于矛盾的焦点;次要人物既要对主要角色起到衬托的作用,又是构成主要人物生活环境的一部分,可以积极地促进情节的发展。次要人物所占篇幅有限,但是个性鲜明的次要角色同样会给人留下深刻印象,为影片增色不少。其中,次要人物包括焦点人物、反面人物等。例如,《聪明的一休》中为了突出一休这个主人公,显示他的智慧机敏,设计出一系列围绕他的人物:精明的桔梗店老板,具有权势、头脑平庸的将军,单纯的女孩小叶子等。这些人物各具特色,但绝没有抢走主角的风头。次要人物可以是个体,也可以是群体,往往作为主要人物的衬托而出现。

图 5.4 《花木兰》

3．其他人物

还有一些人物，既不具备叙事功能，又不对主体叙事产生任何影响。这类人物可以帮助观众接近主要人物，使主要人物的性格和心理状态能从多侧面地展示，形象更加丰满，可以帮助观众对影片的主题有更多的了解，也可以增强影片的趣味性。美国迪士尼的许多动画片常常采用喜剧性的丑角来陪衬主角。如《花木兰》中神奇调皮的木须龙，他话多、滑稽、搞笑、多动，在木兰困难时还会显示他的时灵时不灵的魔法来帮助木兰。《狮子王》中的蓬蓬和丁满，在辛巴遇难之后，这对逗趣儿搭档合唱的《客库纳马塔塔》是一首朗朗上口的歌曲，幽默中蕴含着智慧，传达出乐观向上的精神。两个角色在演唱中配合得十分默契，表现夸张滑稽。可是，能够传达给辛巴生存下去的勇气和力量。还有《蜡笔小新》中的小白等被用来作为衬托产生幽默效果。

5.2.3　人物设置

人物设置的主要任务就是要确定主人公，打造一个闪亮的主人公。在剧本写作中，要确定主人公的唯一性。动画片尤其需要一个极具吸引力的中心人物，成功的主人公将成为动画片最好的标志。根据剧本的需要主人公也可以是一个以上，即可用一组人物作为主人公。如《机器猫》中有着百宝箱一般口袋的猫，《怪物公司》中的苏利文和迈克，《精灵鼠小弟》中的小老鼠斯图尔特，《蓝精灵》中的蓝爸爸、蓝妹妹都是影片的主人公。

在一部动画片中，设定主人公的技巧如下。

第一，要有足够戏份的保证。主人公出现在剧情中的时间和频率，肯定会远远多于和高于其他人物。动画片中的主人公就像一颗恒星，其他人物都是环绕它的行星，主次要很分明。例如，《美女与野兽》中的贝儿、《小鸡快跑》中的金婕、《海底总动员》中的马林和尼莫的戏份远远多于其他人。

第二，要将主人公置于矛盾冲突的中心地位。在各种交织的矛盾中，主人公始终是推动剧情最主要、最有力的那股力量。矛盾因他而起，因他而发展变大，最终因他而解决。例如，日本动画片《风之谷》讲述的是一个能够御风飞行的名叫娜乌西卡的红发少女如何化解一次王虫危机，拯救风之谷的故事。整个故事围绕主人公娜乌西卡而进行，面对人类的自相残杀、环境的破坏、人虫大战时，她不惜牺牲自己的生命来换取人类的和平与安宁。

5.3 动画剧本人物塑造

人物是动画片中最为重要的元素，塑造人物形象是编写动画剧本的首要任务。在文学作品中塑造人物形象可以通过外貌、行为、语言和心理等方面去刻画，但是影视动画剧本因其视觉造型性的特点，所以动画片中的人物的塑造重点在于对人物性格的塑造，以及人物性格的外化。

5.3.1 人物性格的塑造

我们在创作动画剧本时，对已掌握的大量素材进行的筛选和提炼，不仅依赖于故事本身吸引人的程度，还要考虑到故事是否符合人物的性格特征，要依据人物性格设定来选取素材，这样有利于我们更准确地把握故事情节的发展，并使故事情节的发展与人物的性格相吻合。因此，既要重视人物的普遍性，更要塑造人物的独特性，让他成为"独一个"，给观众留下深刻的印象。

1. 典型化

典型是文学概念，"典型是文学活动话语系统中表现出特征的富有魅力的性格"，典型化这个艺术真实的重要特征，在动画片中同样得到体现。人物的性格是多种多样的，有的平易质朴，有的老奸巨猾、深藏不露，有的古怪偏狭，有的豪爽直率……因此，在塑造人物时，首先要进行恰当的性格定位。

人物因其特有的性格而区别于他人，为了让观众信以为真，我们塑造的人物要立足于所熟悉的人物，既要写到他性格中的优点，也要写到他性格中的缺点。你笔下的坏人可能是一个无恶不作之人，但绝不是一个一无是处的人，同样你笔下的好人也不可能是完美无缺的，要让观众对人物产生真实感，感觉这个人就活在周围。只有产生艺术的真实感，才会引起观众的兴趣。迪士尼认为，"没有个性的人物可以做一些滑稽或有趣的事，但除非人们能从这些角色身上看到自己的影子，否则它的行为就会让人感到不真实。"

动画片也可以抛开现实生活的功利性，改变人们的心理和情感定势，塑造出一些崭新的形象，给人耳目一新的感觉。生活中的老鼠令人生厌，但迪士尼《料理鼠王》中的老鼠雷米不仅长得可爱，而且做得一手好菜；《猫和老鼠》中的小老鼠杰瑞也聪明可爱，富有同情心。

2. 类型化和个性化

所谓类型化人物是指按照善恶、美丑对立的二元论,将人物局限在某一定型的性格特征类型中。类型化人物特征鲜明,可以用某些突出的特征或一组密切相关的特征来概括。美国好莱坞电影中常常出现大量类型化的角色。如"英雄"的性格特征大都相似:豪爽、快意恩仇、重情守义、豪放多情。这类人物性格特征有限并且鲜明,易于观众领会和把握,能够满足观众某一方面的心理愿望而受到喜爱,因其性格指向明确而容易赢得观众的认同,以不变应万变的性格更能给观众留下深刻印象。如《蜡笔小新》(图5.5)中的小新、《喜羊羊与灰太狼》中的喜羊羊、灰太狼等都是典型的类型化人物,具有定型化的人格,同时具有程式化的"招牌"动作,拥有让众多观众念念不忘的口头禅等,这些特定的言行使得人物具体化、特征化和细节化。从某种意义上说,类型化表现在人物塑造方面最大的特点是人物性格的夸张,即强化人物性格中的某一特征,从而易于为观众所接受。例如,《猫和老鼠》中机灵调皮、活泼可爱的杰瑞和倒霉的汤姆,性格形成鲜明的对比,完全以闹剧为特色,情节十分热烈。汤姆是一只常见的家猫,它有一种强烈的欲望,就是总想抓住与它同居一室却难以抓住的老鼠杰瑞,它不断地努力驱赶这个讨厌的房客,但总是以失败告终。而实际上它在追逐中得到的乐趣远远超过了捉住老鼠杰瑞,即使偶尔捉住了杰瑞,结果它也不知究竟该怎么处置这只老鼠。所有的故事就是围绕这只机警的老鼠和笨猫展开的,创作者通过一系列设计精巧的戏剧环节和夸张的动作,把两个人物的性格充分表现出来。

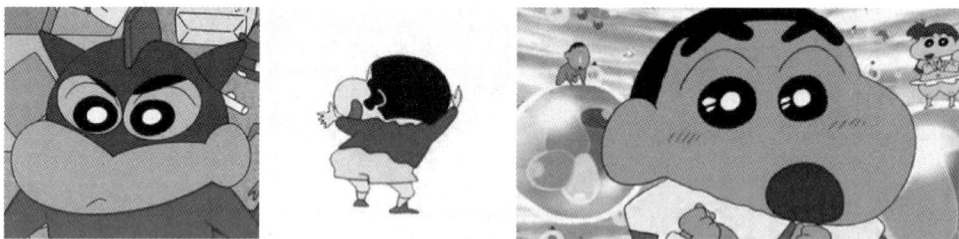

图 5.5 《蜡笔小新》

3. 要贴近生活,使人物更加立体化

动画人物性格一定要立体丰满,优点和缺点共存。因为好人身上有缺点,而坏人身上并非一无是处。塑造人物性格的前提一定是真实,观众才能与影片产生共鸣,才能快速而准确地理解作品。例如,动画片《怪物史莱克》在人物性格塑造上尤为真实,喜欢唠叨却乐于助人的驴,相貌丑陋、脾气暴躁却心地善良的主人公史莱克,身手不凡却故作高傲的菲奥娜公主……每个人的性格都与实际生活中的人的性格非常相似。编剧只有凭借着对动画中人物性格的理解和感受,才能塑造出成功的人物造型。

5.3.2 人物性格的表现

在动画片中,如何将人物内在的性格、特点用最为直接、简洁的方法生动地表现出来呢?我们需要借助一些外化的手段来实现,如人物的行为动作、人物的动画特征、人物的语言等。

1．动作就是人物

通过一个人的动作可以让我们了解他是怎样一个人，了解这个人的性格。在动画剧本创作中，动作是情节发展的动力，人物性格是情节发展的必然体现。因此，情节和人物的塑造是密切联系在一起的。

在《大闹天宫》中，主角孙悟空的形象就是通过一系列富有特征的行为动作展现的。孙悟空在闯进了貌似庄严实则黑暗腐朽的天宫时，仍带着花果山水帘洞中自由快乐的气息，他与天帝、尊神之间的一系列矛盾冲突体现了性格与环境的矛盾。例如，孙悟空随太白金星去见玉帝，太白金星回禀玉帝孙悟空已来到，可是回头却不见孙悟空的踪影，原来孙悟空并未将玉帝放在心上，而是跑去与天神元帅开玩笑去了。他时而碰碰这个人的头盔，时而又跑去摸摸那个人的兵器，弄得那些假装正经的人哭笑不得。又如，孙悟空被封为弼马温后，他穿上红袍，戴上纱帽，摇来摆去十分得意，得意之中透着些许滑稽。再如，孙悟空见了玉帝拒不下跪，气得玉帝龇牙咧嘴、吹须瞪眼。而孙悟空却是抱住双手，露出不屑一顾的模样。在猴王与天兵天将的大战中，灵巧自如、悠然自得的孙悟空把巨灵神和哪吒打得落花流水、狼狈逃跑。这些情节的设计不仅表现了对天庭尊严和秩序极大的嘲笑，也表现了对玉帝"恩赐"的绝妙讽刺，更生动地突出了这个具有人的性格、猴的机灵和神的威力的典型角色，达到了很好的效果。

2．动画特征的赋予

人物的动画特征和其性格特征是相辅相成的，动画特征要符合人物性格，人物身上充满想象力的"超能力"，能够把人物性格塑造得更生动、鲜明。例如，《怪物公司》中的坏蛋蓝道，他变色隐身的动画特征和他狡猾多变的性格相辅相成，很直观地把这个角色内心展现了出来。又如，《千与千寻》中，锅炉爷爷形似蜘蛛，多脚多手的动画特征和他忙碌不停的个性很相符；怪物澡堂的老板汤婆婆的双手戴满了黄金、红宝石、蓝宝石的戒指，这与她自私自利、惜金如命的性格相得益彰，看起来新奇有趣，又很自然贴切。再如，《翡翠森林——狼与羊》中，咩是一只小山羊，它有一张肉嘟嘟的脸蛋，一双温柔纯净的大眼睛和一只小巧可爱的粉色小鼻头，一对初长成的小小犄角和两只俏皮的耳朵。咩还长着一个鼓鼓囊囊的肚皮和短小纤弱的四肢，一身洁白的绒毛更是凸显了它心灵的纯洁无邪，不谙世事。嘎布是一只大野狼，它长了一张尖尖长长的脸，一双细细的眼睛看起来非但不可怕，反而让人觉得有些滑稽可爱。

3．习惯动作和口头禅

设计人物的习惯动作和口头禅是表现性格的很好方式。在日常生活中，细心的你如果注意观察，会发现几乎每个人都有他习惯性的动作，如说话的语气哼哼哈哈；与人交谈中频繁地眨眼睛；不自觉地搓手指；身体摇来晃去……同样，动画人物身上也可以根据这些小细节，把动画人物经过夸张和幻想，塑造趣味十足、别具一格的性格特点。剧作者可以有目的地融入丰富的想象力和创造力，设计一些标签式的习惯动作和"口头禅"，以凸显人物的性格特征。

设计习惯性动作和口头禅的技巧。

（1）习惯性动作和口头禅的设计要符合人物性格。

在写作中，人物习惯性动作和口头禅的设计要符合人物性格，要与作品的整体风格融为一体，不能随性而作，要达到自然而不做作，应该与众不同，能区别于其他人物。例如，《名侦探柯南》中，柯南经常会说"真相永远只有一个！""难道是……"，体现中学生柯南善于钻研、善于质疑、善于分析的性格特征；《喜羊羊与灰太狼》中，灰太狼抓羊失败后，总会说"我还会回来的"，体现它不屈不挠、永不言败的性格特征；《小熊维尼》中，剧作者为不同的小动物设计了属于它们的习惯动作，爱皱眉的兔子性格多思多虑，每次都蹦跳着出现的跳跳虎，性格单纯外向，经常显得"过于热情"……这些习惯动作很符合人物的性格，不仅生动有趣，更重要的是成为塑造角色的有力方式。

（2）习惯性动作和口头禅的设计要通过重复强化。

为什么观众会记住人物身上的某些动作和语言呢？一方面是因为剧作者设计的独具匠心；另一方面是这些细节在剧情中反复出现，不断在观众的记忆中得到了强化。

例如，电影《没完没了》里有个大款，打起电话总说："OK，OK。"高兴的时候说，生气的时候也说，沮丧的时候还说。这样的重复，在不同情节、不同气氛中达到了相应的艺术效果。第一次看见他说的时候，观众可能没有特别在意，可是这个口头禅一而再、再而三地出现。到后来，大款明明想骂电话里的绑架者，可还得忍气吞声地说"OK"的时候，观众就忍不住笑了。把这个口头禅和这个人物紧紧联系到了一起，这个"OK"就是这个人物个性的一部分了。那时候，满大街都是接电话说"OK"的人，可见这个设计对观众产生了多大的影响。

5.4 场景透露人物信息

在动画片中，场景是具有决定性作用的，因为动画片场景和背景中的每一个事物都能辅助剧情的说明，并能透露角色的背景信息。场景不需要有对白，动画片的一个普遍规则是：展示，但是不讲出来。用图来介绍要比画外音的叙述好很多。

每个场景都必须向读者或观众揭示必要的故事信息的一个要素。场景的目的或是推动故事向前发展，或是揭示人物的相关信息。

如何着手创作一个场景？首先确定创作场景的来龙去脉，然后决定内容，即发生了什么。场景的目的是什么？为什么要这个场景？它是如何推动故事向前发展的？在场景的主体中都发生了什么事情？进入这个场景之前，他在哪里？在这个场景中，作用在人物身上的情感力量是什么？他们是否影响到场景的目的？

《公主与青蛙》（图5.6）是2008年迪士尼公司制作的一部传统动画片，该片是迪士尼传统动画复兴的寄托，讲述的是一个住在美丽的新奥尔良法语区的非裔美国女孩蒂亚娜的爱情故事，这是迪士尼历史上首位黑人公主。片中在开始部分出现两个场景，一个是粉色的卧室的场景，是片中配角夏洛特的房间，她希望自己有一天能嫁给王子。她房间柜子上整齐地摆放着各种各样的娃娃，地上堆满了童话中城堡的玩具，如梦幻般小床，连墙纸也是粉色，这些道具足以告诉我们这是一个小女生的房间，她爱做梦，喜欢听童话故事。

图5.6 《公主与青蛙》

在主人公蒂亚娜的卧室场景中,地上散落着几个玩具,床头摆放一个娃娃,床头挂着一张全家合影。和之前粉色的卧室相比,这个场景显得比较简单,也看得出两个女生的生活环境差别很大,蒂亚娜的房间能让观众感受到一个温馨幸福的家庭。

随后,蒂亚娜卧室的变化,让我们知道这个女生长大了,床头的娃娃换成了书,椅子上堆满了书籍,地毯和墙面的装饰都变得成熟,梳妆台也做得高大,和前面场景形成鲜明的对比,唯一没有变化的是墙上挂着的全家合影。而凌乱的书籍,也向我们透露了蒂亚娜的生活状况,整天忙于工作,为生活和理想奔波,更让观众联想到一个女生这样辛苦地工作,一定是家里所需。这里的场景不仅是透露了人物的信息,也推动了故事情节的发展。每个场景都应该告诉我们一些人物的信息。

场景是构成剧情的一个重要元素,场景和道具能够影响角色的行为或支撑故事的要点。对故事和场景很重要的对象应该放在分镜头和背景中视觉突出位置。不太重要的对象可以用非常接近的明暗关系弱化或融入到阴暗区,这样它们就不会让我们的兴趣重点竞争,细节不可以压倒角色,时代类型和道具是为了帮助设定场景,透露人物信息。

小结

本章重点讲解动画剧本中成功人物的塑造。动画剧本人物是指在动画中出现的人物,它不单单指"人",剧本人物关系可以分为主要人物和次要人物,也可以分为类型化人物和个性化人物。力求掌握剧本中人物外型与性格的描述,对人物角色进行设定。在动画片中,场景是具有决定性作用的,因为动画片场景和背景中的每一个事物都能辅助剧情的说明,并能透露角色的背景信息。

实训练习

1. 分析动画片《小蝌蚪找妈妈》中主要人物和次要人物,类型化人物和个性化人物。说明在人物性格的塑造上,有哪些具体做法。

2. 阅读一部动画片原著,并观看这部动画片,找出其在动画剧本人物的塑造方面所采取的方式方法,分析其效果如何。

ANIMATION

第6章　动画剧本的语言

> 动画大师迪士尼说过：动画片的首要责任就是把生活卡通化。所有的动画剧本都有一个共同的特征，就是创造了一个独特的幻想世界，富于想象力的创作是动画片剧本的点金石，而动画剧本的语言又在人物塑造、艺术表现、叙事推进等方面具有相当重要的作用。

6.1　文字到图像的语言系统

我们知道，导演切入故事的角度和编剧是有所不同的。好的剧本会激发导演更多的创作灵感，而原本剧本中那些冷静的文字、对白都将通过导演娴熟的视听语言表达来突破纸张的平面性，并化为一个个生动而真实的声音形象和画面形象呈现在观众的眼前，这种感受是更加直接的，能让观众产生全方位、深层次的精神震动。因此，我们可以这样来理解故事、剧本之间的关系，故事是对于一个整体事件的语言或文字叙事，剧本是基于表达"哪些人在哪些地方做些什么事"（由人物各种内在思想、动机所产生的外部行动的结果）。影像虽然并不能像文字那样准确表达抽象性很强的信息，但是却可以利用视听元素的直观性为故事制造巨大的说服力。

动画是特殊的电影，之所以特殊，主要是因为其特殊的制作流程和艺术表现形式，但是从根本上看，动画在银幕上运动表演起来的原理依然源于电影的逐格拍摄方法。

在电影技术诞生之后，人们发现将一些画面按照不同的方式排列组合将会产生不同的结果。画面组合产生的某种规律是客观存在的，这种规律是我们用来解决用影像叙述故事时的具体问题，是一种视觉交流系统的视觉语言。事实上，剧本正是基于这种语言表达规律的基础上的，是我们实现真正用视觉和听觉共同表达故事的文字基础。因此有必要研究动画剧本的语言。

动画剧本语言由两部分组成：一是叙述性的语言；二是人物语言。叙述性语言要符合动画作为视听艺术的特征。也就是说，先需要剧作者有画面意识，要把剧本写得视觉形象鲜明生动，以利于导演的二度创作和演员的充分发挥。人物语言以创造听觉形象为己任，主要服务于观众的耳朵。只有二者有机结合，才能创造出完整有力的综合银幕形象。

6.2 动画剧本的叙述性语言

运用动画剧本语言的规律将不同的画面结合在一起就能传递出新的含义,从而产生出一种表述事实、情感以及思想的新方法,这种方法就如同一篇文章的词句组合一样强调特定的逻辑性,其中的作用主要有两个。第一是将情节交代清晰,保证语言表述最基本的流畅准确。第二是按照特殊的逻辑叙事会产生特定的形式感。事实上,这和剧本决定采取什么样的叙事方式有直接关系,导演更多的是在文字剧本的基础上控制视听语言中的元素,诸如镜头组接、画面造型、色彩等。

叙述性语言主要包括剧情发生的时间、地点的交代,对人物角色的造型、动作、内心活动的描写,对场景、气氛的说明,以及对镜头、灯光、画面的剪接、音响效果等方面的要求。叙述性语言是为描述画面服务的,要具备造型性,即可视性,必须是"看得见的"。

景物、场景是人物活动的环境和空间,同时还可以起到以景写情、情景交融的作用。在具体的写作中,小说等文学作品可以用象征或比喻等抽象的形容词去描绘,而在动画剧作中景物必须具体,以便在场景绘制时有所参照。因此,叙述性语言必须具有形象性和综合性的特点。如《千与千寻》中的开场部分:"车上是千寻一家三口,小千寻斜躺在后座上,手里拿着同学送的一束花,里面插着卡片:千寻,保重身体,下次再见吧","千寻透过车窗望了一下,吐舌头做鬼脸,然后重新躺下","卡片落下来,妈妈拾起来递给千寻","窗户开着。窗外,一辆辆汽车、电线杆、树木一跃而过",这些语言的描述都可转化成一幅幅的画面。

初学者要注意叙述性语言要避免使用形容词或副词,在句式上不能使用被动语句,所有的行为动作都是主动的。如《小倩》中,宁采臣在讨债的途中,走在一条路上,路的前面有一个木牌,上面写着"孤独的路"。这个画面的意思就是"孤独的路上走着一个孤独的人",或"孤独的人走上了孤独的路"。在剧本创作中,我们必须注意不恰当的叙述性语言会给后期制作带来许多麻烦。因此,在写作时必须注重叙述性语言的视觉造型性。

6.3 动画剧本的人物语言

在动画片中,人物语言所占据的位置是相当重要的,是创作者用以展示剧情、刻画人物、体现主题的主要手段,也是剧本构成的基本成分。人物语言也叫台词,主要分为对白、独白和旁白。

6.3.1 对白

两个或两个以上的剧中人物的交谈活动,体现在剧本中就是对白。对白是编剧塑造人物的基本手段之一。由于它既能传达谈话人的心理活动,又能与对手交流,影响彼此的情绪、情感、思想行为,有时又称为"言语动作"。在剧本里,对话占有99%以上的分量,所以对人物语言的把握程度往往是衡量剧作家艺术功力的重要标准。

1．对白在剧本中的作用

在视听艺术中,对白是塑造人物和推动情节发展的最重要手段之一。对白在剧本中有5大功能:叙述说明,推进剧情,加强造型表现力,刻画人物性格,揭示人物内心世界。其中,叙述说明是基本功能,而刻画人物性格及揭示人物内心世界是重点的功能。

1)叙述说明

对话可以交代人物间的关系、事件的背景、推动剧情向前发展,起到叙述的作用。例如,《美女与野兽》的开场,从贝儿与路人、面包师傅的对话中我们可以看到贝儿是一个奇怪的女孩,不喜欢与人交流,喜欢读书,充满幻想,过着平静而幸福的生活。

(在大街上,女主角出场)

贝儿:(唱)小城中依旧安静如昔,每一天生活从不改变,小城中曙光露出天边,每个人都说着……

路人甲:早安。

路人乙:早上好。

路人丙:早上好啊。

贝儿:(继续唱)你看那面包师傅叫卖的货,永远是面包奶油圈。自从我们到这里,在这乡村小城中,日子却是都一样。

面包师傅:早安啊贝儿。

贝儿:早安啊老板。

面包师傅:这是去哪儿啊?

贝儿:去书店,我刚看完一本好棒的故事书,是关于杰克豆子的,我现在正要……

面包师傅:(没听,冲旁边喊)玛丽,拿面包,快去!

路人们:(唱)快看那走过来的奇怪女孩,她茫然迷惑的眼神,从不和人打交道,脑中充满了幻想,一个不切实际的可笑女孩贝儿。

2)刻画人物性格

人物语言是塑造个性鲜明的人物形象的重要手段。现实生活中每个人的说话腔调、表达方式和常用词汇各有其特点,我们往往从一个人的言语中就可判断出他的年龄、职业、爱好和兴趣。因此,个性化的语言对人物性格的塑造有重要的作用。例如,《幽灵公主》中,珊的话始终很少,很简短。当阿西达卡第一次遇见珊时,珊对他说:"你离我远点儿!"在珊夜袭黑帽子大人时,阿西达卡要阻止她,以免陷入黑帽子大人的包围,珊挥舞着刀对阿西达卡说:"你和他是一伙的!"短短两句话,使观众感觉到珊内心充满了愤怒和仇恨,将自我封闭起来,不愿与人接触的孤僻性格特征显现出来。

3)表现人物的内心世界

在影视剧中,表现人物内心世界的方法非常多,人物间的对话是其中之一。例如,《玩具总动员》中,玩具胡迪是一个非常在意自己地位而不肯服输的人物。时常担心自己的老大地位会被新来的玩具所取代,但在众多玩具中却表现出非常自信的样子。可是在面对一个新的玩具巴斯光年的时候,他吞吞吐吐的语言,将他充满危机感的内心世界表现得淋漓尽致。

"没什么,没什么,我想安第有一点儿兴奋了,大概是吃的冰激凌跟蛋糕太多了,那只是个意外。"

"那是个意外,他正坐在你的地盘上,胡迪。"

宝宝龙:"啊!胡迪你被人取代了。"

"喂,我刚才怎么告诉你的,没有人可以取代我!"

"不管上面是什么,我们都要给他一个礼貌温和的安第房间似的欢迎。"

胡迪来到巴斯光年跟前:"抱歉,你好!我叫胡迪,这里是安第的房间。"

巴斯光年走动着。

胡迪:"对不起,打搅你了,请恕我直言……我还有一个小问题,这里是我的地盘。"

2. 对白写作的要求

1)对白要符合特定的情境

在创作中,要把对白放到特定的情境中。对话的情境和人物之间的关系制约着对话的语气和内容。同一个人,情境不同、对象不同,说话的内容和语气也必然不同。小孩子在学校里和老师说的话与在家里对父母说的话,不论语气还是内容肯定有很大的不同;心情愉快舒畅和心情沮丧郁闷时说话的语气和方式会大不相同;面对知心朋友与陌生人说话时必然不同;在身处危机与安全环境中说话和方式也不会相同。美国电影编导保罗·希拉德在同法国《电影》杂志的对白中说:"一旦你把人物根据需要放到一个有意思的情境中,他所说的一切就会变得有意思了。"这要求我们在写作中,要写出与情境相吻合的对白,只有如此才能写得精彩。

2)对白要符合人物的性格特征

现实生活中什么样的人说什么样的话,在动画片中,也要注意对白需要符合人物的类型特征。亚里士多德曾经说过:"让青年作为青年讲话,让老人作为老人去讲话。"如《大闹天宫》中孙悟空和马天君的对白:悟空对高高在上的马天君说:"你是什么东西,来管你孙爷爷?"又说:"玉帝老儿请俺上天还派人来管我!"当马天君下令绑他的时候,他说"谁敢绑我?!"完全一副天不怕地不怕的架势,体现了孙悟空大胆反抗天威神权的无畏性格。后来,孙悟空被太上老君弄到炼丹炉里烧,炉子还没生火的时候,只听猴王在炉里喊:"老头!好热啊!好热啊!"太上老君用三昧真火使劲儿把八卦炉烧得通红,老君得意地问:"哎,猴头,怎么样啊?"他却说:"现在好凉快,好舒服啊!"短短几句对话,把猴王不服输的性格和对敌人的蔑视与嘲笑刻画得淋漓尽致。

3)对白必须是动态的

对白要避免机械地交替表现问话与回答,似乎只是为对白而对白,应该通过对白推动情节向前发展。

4)对白要有潜台词

潜台词是隐藏在角色对白的后面的想法和内心的活动,包含复杂隐秘的未尽之意和言外之意、话外之音,往往表现为一语双关、欲言又止、弦外之音、言简意赅等多种形式。如

《美女与野兽》中路人们对话中的潜台词就是美丽出众的贝儿,个性古怪又孤僻,会有什么奇怪的事情发生呢?为贝儿与野兽的相遇、相知和相恋埋下了伏笔。

(贝儿离开书店,返回街上,边看书边往家走)

路人们:(唱)你看看与众不同的孤僻女孩儿,她心中是否有快乐,一头栽在书中,整天做着白日梦,一个令人迷惑而又美丽的女孩儿贝儿。

贝儿:(唱)哦,多么令我迷惑,这是我最喜欢的故事,看啊(指书)他们在梦里相遇,她却从未发现她爱的人会是王子。(边走边唱)

路人F:(继续唱)难怪每个人都叫她美女贝儿,她的外表无人可比。

路人G:她虽然拥有令人羡慕的美貌,但个性古怪又孤僻。

路人们:那与众不同的古怪女孩儿贝儿,那与众不同的古怪女孩贝儿。

5)对话要有节制

"编剧的人物就是要坚决砍掉两可之间的台词,对白越少,行为就越有冲击力"。所以,我们在写作中,应尽可能地多设计生动的形象和丰富的动作,用画面来告诉观众,让观众要多看少听,所以人物之间的对话要少,而且要容易理解。如《猫和老鼠》中人物没有语言,以人物的动作表现见长,同时配以富有节奏的音乐,取得了不错的效果。《三个和尚》中同样用音乐和动作的完美配合表现人物的个性。这些方式正是动画具有吸引力的地方,人人都可欣赏。

6.3.2 旁白

旁白是从旁观者的角度对剧情和人物所做的评述,通常以"第三人称"的客观视点或以剧中角色"第一人称"的主观视点出现,它不是在剧中其他角色动作下产生的反应行为。旁白通常作为一种辅助手段来说明剧情发生的时间、地点、时代背景,或者用以连接剧情中幅度的时空跨越,或者介绍角色,或者对剧情中的某些内容做必要的解释,或者发表哲理性和抒情性的议论等。一般情况下,旁白分为两种情况:一是作者的客观叙述;二是角色的主观自述。

1. 旁白的作用

(1)旁白具有结构性的作用。如《再见萤火虫》的开头和结尾。

开头:昭和20年9月21日晚,我饿死在街头。(旁白)

结尾:妹妹已经无力咀嚼她最爱吃的西瓜了,哥哥把西瓜喂到她嘴中,她幼小茫然的脸上汇聚了发自内心的笑,这笑容美得让人无奈,美得让人辛酸。妹妹艰难无力地含着西瓜,同样艰难无力地说出微弱的一句:"西瓜真好吃,谢谢哥哥,你对我真好。"然后表情凝固了,当旁白响起:"从这以后,妹妹再也不会说话了。"影片到这里骤然结束,黑色的背景和缓缓的字母,仿佛在为观众的泪水伴奏着……

在这里,阿泰的旁白不仅介绍了故事发生的背景,还具有结构上的引领作用。

(2)旁白有时用来说明剧情发生的时间、地点、时代背景、介绍人物等。如《功夫熊猫》中的一段:

（旁白）传说中有个传奇侠客，

他的武功出神入化，

浪迹江湖，一路行侠仗义。

（牛）小样儿，你喜欢嚼东西，

有种打败我再嚼！

（旁白）侠客满嘴食物不便开口，

当食物下咽后，

他语出惊人。

（熊猫）少废话，拿命来！

看招！

（旁白）他的致命招数无人能挡，

敌人都被他的正义之光晃瞎了眼。

（小动物）我看不见了。

他武功盖世，

还这么帅气，

我们怎么报答你？

（熊猫）侠骨柔情无须回报。

（旁白）爆发吧！

千军万马全被踏在足下，艺高人胆大，有史以来最使人敬畏，

又最令人销魂的熊猫，

即使打败天下无敌手的中原五侠客，

也对他佩服得五体投地。

（五个）啥时候出去一起放松放松？

（熊猫）没问题。

（旁白）但现在不是放松的时候，

面对石门山一万疯狂大军时，

当务之急是……

宝，起床了，不然要迟到了。

啊！梦醒了。

（3）旁白有时通过解释或发表议论来使紧张的剧情得以舒缓。例如，《灌篮高手》中，在紧张的剧情发展中加入对篮球规则的介绍。又如，《功夫熊猫》里乌龟师傅说的话：

俗话说：

昨天已是历史，

明天还是未知，

但今天却是上天的恩赐，

这就是为什么？

2.旁白的写作要求

（1）旁白要简洁、含蓄,尤其在评论时不能成为概念的说教或空洞的议论。

（2）旁白要符合和服从剧作的结构。客观视点的结构形式一般采用第三人称的旁白;主观视点的结构形式一般采用第一人称旁白。

（3）旁白要与剧作的整体风格相一致。

（4）旁白只是剧作结构的一种辅助手段,不能滥用。

6.3.3 独白

独白又称为"心声",是剧中人物的内心自白,是揭示角色心理活动的基本手段之一。独白往往以第一人称方式出现,是剧中人在剧中情景下的内心活动,抒发个人情感,表达内心世界。独白一方面能够展示人物的内心状况;另一方面有助于推动叙事的发展。

例如,《樱桃小丸子》第一集"姐姐总是欺负我"中:

小丸子:一想到姐姐抢了我的笔记本,我一定要想个办法让她向我投降才行!(独白)

画外音:就算你用什么办法都好,她不会向你投降的,省点儿劲吧。(旁白)

小丸子:哦,太好了! 这个办法一定能行。(独白)

内心独白和旁白都是通过"画外音"的方式出现的。旁白是从旁观者的角度对剧情和人物做评价。

在动画剧本的写作中,塑造人物的主要手段是画面和对话,独白只是表现角色心理活动的一种辅助手段,不可滥用。用内心独白来代替银幕动作将内心活动全部说出来的做法是不可取的,画面和动作要通过视觉来欣赏,而不是通过听觉再转化为视觉形象。

6.4 动画剧本人物语言的设计

人物的思想、性格必须建立在语言材料基础之上,所以语言就成为体现人们灵魂和性格最重要的途径。一个人如果一言不发,你就很难了解他的内心和性格。而一旦他开口说话,就很容易暴露出他的气质、修养、性格,甚至隐藏很深的心理活动。同样,剧本中人物形象的塑造也要依靠人物自己的语言和行动来完成,而且必须在有限的时空里使人物形象鲜明。因此,动画剧本中人物的语言对于衔接故事、组织情节结构和塑造人物来说具有相当重要的作用。人物语言的设计要符合人物的性格特征,与特定的情境相一致,同时要生活化、口语化,避免晦涩难懂。

1.人物的语言要与其性格特征相一致

人物的思想、性格必须建立在语言材料基础之上,所以语言就成为人们性格和灵魂最重要的体现途径。如果人一旦开口说话就很容易暴露出他的气质、修养、性格甚至隐藏很深的心理活动。也即,人物的言行举止都与自身的性格紧密相关,让人物开口说话,必须要明确他的性格特征,并与身份相一致,才能塑造成功的人物形象。在《灌篮高手》中,男主人公樱木花道是一个超级自信的人,他常常挂在嘴边的一句话就是"我是天才"。正是在这句话的鼓励下,他在篮球方面突飞猛进,从一个不喜欢篮球的人成长为一名优秀的篮球手。

所以,在剧本写作中,每个人物都要有和他的身份、性格相一致的独特语言。同时,个性化还要求编剧牢牢把握人物性格的发展,把握动画情境的变化。故事情节在发展,人物形象同样也在发展,个性在微妙地变化。不同人物的语言不能相互混淆,就是同一人物在不同戏剧场面中的语言也不能任意调换。

2．人物的语言要动作性

人总是根据自己所处的具体环境和特定生活条件来决定表述思想情感的方式。人物语言的设计必须要符合特定的情境,表达一定的动作性。我国戏剧理论家顾仲彝先生认为:有动作性的台词必然表示说台词的人物的意愿、意图或意志。不表示意愿、意图或意志的台词就缺少动作性。意愿、意图或意志表示得愈强烈,动作性也就越强。

首先,语言的动作性在于它能够推动剧情的进展,也就是有冲突。剧本中每个角色的台词都应当出于人物的性格冲突之中,成为人物对冲突的态度与反应的一种表露,并且能够有力地冲击对手的心灵,促使对方采取新的行动更积极地投入冲突,从而把人物关系、戏剧情节不断推向前进。其次,语言的动作性是指台词并不是中断的、可有可无的。这一段的台词,应该能够触发、引导下一句台词、下一个动作、下一段剧情,使之前后呼应,相互作用。最后,其动作性更在于能够解释人物丰富复杂的内心活动。这些内心活动不仅有助于塑造人物形象,展现人物性格,还能够从侧面来介绍剧情。

3．人物的语言要口语化

人物语言的口语化,首先体现在"通俗"。小说、散文可以反复阅读、揣摩,而动画却是"一次过"的艺术,必须使语言明白晓畅,通俗易懂,让观众清楚明了地看懂剧情,理解人物,接受剧作者对生活的解释。

其次,人物语言要简练明快。由于时间、篇幅的限制,简练的语言会比冗长拖沓的语言传递更多的信息,制造更多的冲突。目前,动画片的大部分受众还是儿童,因此人物语言应该亲切自然,富有生活气息。

再次,人物语言口语化并不是指千篇一律、千人一面,不同性格的人物,他的口语特点也不尽相同。因此,要根据不同人物的性格特点选择适合其身份的口语。塑造农民就要用能体现农民本色的话语,其话语往往是日常的通俗口语,如歇后语和大量具有方言特色的词语;塑造学生就要用学生中流行的话语,塑造知识分子就要用知识分子的话语。

最后,在注意口语化的同时,要注意对生活语言的提炼、加工,宜短不宜长,使之成为形象生动的剧本语言。

小结

本章主要讲解动画剧本的语言的相关内容,包括文字到图像的语言系统、动画剧本的语言的组成、动画剧本的人物语言、动画剧本人物语言的设计等。其中,叙述性语言要符合动画作为视听艺术的特征,要求作者要有画面意识,要把剧本写得视觉形象鲜明生动。人物语言包括对白、旁白和独白三类,主要服务于观众的耳朵。只有二者有机结合,才能创造出完整有力的综合银幕形象。

实训练习

1. 观看动画片《大圣归来》,整理、分析其中的对白、旁白和独白。

2. 观看动画片《大圣归来》,分析它是如何用对白刻画正、反面人物的,具体有哪些做法。

ANIMATION

第7章　动画剧本的改编

动画剧本的改编就是指运用动画的思维，遵循动画艺术的规律和特点，将文学形式的作品再创作为动画剧本。动画改编的对象范围很广，如戏剧、小说、散文、诗歌、故事、民间传说、神话等，均可以进行艺术再创作。

7.1　动画剧本改编的优势

选择改编作为动画剧本的创作方式有一些得天独厚的优势。比如像《西游记》《狮子王》《美女与野兽》等动画片都改编自名著。在剧本这个基础部分有以下几个方面的优势：第一，名著能够在众多文学作品中脱颖而出，在塑造角色、故事构思方面，有着优于其他作品的地方，已经是一个得到大多数人肯定的作品，为以后的影片打下坚实的剧本基础。第二，名著的知名度为影片做了前期宣传。商业动画片需要经济上的回报，本身就有知名度的故事，会吸引更多关注的目光。第二，对于初学写作剧本的人，进行一些改编练习，对认识剧本的特性，认识动画的特性都很有好处。而且，影视创作本来就是集体创作，应该学会如何和别人共同进行创作，学会把不同的创意和想法融合到创作中去。在改编剧本这个过程中，就是在提炼、变形别人的创意，同时进一步把自己的创造力发挥出来。

7.2　动画剧本改编的体裁选择

动画剧本的改编绝不是一种简单的移植、翻译，而是在忠于原著的基础上，进行的一种深刻的从内容到形式的再创造。改编主要体现在影视动画片的剧本创作中，绝大部分是改编自其他类型的文学作品，其中占相当比例的又是本着秉承原作的精神在谋"片"布局。

7.2.1　体裁的概念

体裁指一切艺术作品的种类和样式，其艺术结构在历史上具有某种稳定的形式，这种形式是随着艺术反映现实的多样性，以及艺术家在作品中所提出的审美任务而产生、发展起来的。每一种体裁都有一整套相对稳定的艺术手段，这些艺术手段就是这种体裁的独特辨认标志。体裁同艺术形象结构的各个方面相关，重要的是同主题、情节和布局相关。

体裁是一个历史范畴。体裁的兴起、发展及演化受历史环境的制约。体裁还体现时代特征、人们的生活方式和行为特征。每个时代都有只属于自己时代的体裁,而各种体裁的总和则反映时代的总体艺术风貌。通过对体裁的选择,以及活跃多变的体裁形式,可以看出一个艺术家的生活。

体裁的门类众多,广义的体裁一般包括以下几类。

(1) 文学体裁:记叙文、说明文、议论文、应用文、诗歌、散文、小说、戏剧。

(2) 绘画体裁:风景画、肖像画、静物画、风俗画、战事画、主题画等。

(3) 雕塑体裁:肖像、动物像、风俗、历史、花纹图案、纪念性雕塑等。

(4) 舞蹈体裁:民间舞、古典舞、民族舞、技巧运动舞、节奏造型舞等。

(5) 电影体裁:故事片、新闻片、戏剧片、喜剧片、音乐戏剧片、艺术文献片等。

(6) 音乐体裁:交响乐、奏鸣曲、颂歌、浪漫曲、歌曲等。

(7) 建筑体裁:宫殿、文化设施、住宅、厂房等。

狭义的"体裁",是文体的同义词。

7.2.2 动画剧本改编体裁的选择上的要求

1. 明确动画片所面对的观众群

观众的年龄层次和理解程度决定着改编作品内容的层次。从目前来说,动画片的受众已发生了很大的变化,实现了大众化,从幼儿到成人都是动画片的观众和消费者。所以,对一部动画片及其衍生产品的受众群分析是十分重要的。

2. 加强对原有作品内容和主题的提炼

在进行改编时,原作品的内容和主题需要明确、提炼。过于繁杂与晦涩的主题和内容是不太适合动画片表现的。当然,对于这方面的探讨和突破,也是动画人的课题之一。

3. 融入时代元素和时代特征

每个时代都有不同的审美标准和价值观,有些体裁是落后于时代发展的,所以要有目的地进行选择,在改编中要融入时代元素,使其符合时代的审美需求。

7.2.3 改编动画剧本体裁选择

1. 文学

有人说动画剧本这棵树干,一头连着文学的根须,一头连着电影的枝叶,所以文学体裁是动画剧本改编的一个非常重要的来源,其中更青睐于童话和小说。例如,《白雪公主》、《小红帽》和《灰姑娘》等改编于《格林童话》;《大闹天宫》《铁扇公主》和日本的《白蛇传》等改编于我国的《西游记》;迪士尼动画片《星空夺宝》改编于 19 世纪英国作家史蒂文的世界名著《金银岛》。另外,还有一部分作品改编于神话、寓言、民间传说等题材,如《鹬蚌相争》改编于《鹬蚌相争》的寓言故事,《三个和尚》改编于"一个和尚担水喝,两个和尚挑水喝,三个和尚没水喝"的民间谚语。

文学作品是动画剧本创作取之不尽、用之不竭的文化源泉,随着创作者创造性观念和时代精神的结合,对文学作品的动画表现也会显示出更多的创新。

2．漫画

由漫画到动画的改编方式,是日本动画制作的主流,具有代表性的是手冢治虫的漫画作品被改编成动画片。例如,日本第一部黑白动画连续剧《铁臂阿童木》、第一部彩色动画连续剧《森林大帝》、系列动画片《大力水手》都是根据漫画改编的。还有如青山刚昌、高桥留美子等漫画作品也被改编成了动画作品。

在我国同样比较重视漫画动画化的制作方式,如《三毛流浪记》和《我为歌狂》分别改编自张乐平和姚非拉的同名漫画。

3．其他体裁

其他体裁对动画编剧也有直接或间接的影响,如哲学、戏剧、舞蹈、美术等。例如,《大闹天宫》中融入了很多京剧的元素;《九色鹿》改编自佛教故事,采用敦煌壁画的形式来表现,讲述了九色鹿费尽周折救人却被忘恩负义者捕杀的故事;《埃及王子》改编自《圣经》的故事等。

7.3　动画剧本改编的技巧

7.3.1　加入新角色丰富情节

添加角色的前提是为了剧情服务,可以增加作品的艺术效果。因为动画片娱乐性的要求,往往需要一些角色来点缀,这些角色可以是配角、笑点角色。比如《花木兰》中的木须龙,编剧为了达到动画片的喜剧效果,恰当地增加了这个角色,使得影片更为生动有趣。

7.3.2　确定故事的中心主线

在进行剧本改编时,原有的文学剧本,尤其是一些古典小说篇幅都比较长,要将故事完整地搬上银幕是比较困难的,因此在改编时通常可以确立一个或者几个角色作为节点,选取一个较为完整的自成格局的故事改编为影视动画故事。例如,剪纸动画《猪八戒吃西瓜》就是取材于古典小说《西游记》的一个片段故事。该故事选择了猪八戒作为中心角色,比较完整地讲述了在西天取经途中,发生在猪八戒身上的一个童趣十足的故事。确立好主线角色进行改变,可以较好地避免在改编中出现"眉毛胡子一把抓",重点不突出的现象,使故事情节清晰,从某种程度上来说,也可以降低工作难度。

7.3.3　合理融入幻想和夸张

由于动画变现的特殊性,可以在情节表现及角色动作等方面适度夸张,使动画片更具感染力和视觉冲击力。在改编动画剧本时,安排故事情节的夸张戏剧化结构,是编创者首先要考虑的问题。《三个和尚》是根据中国民间流传的口头化小调改编成的,经过创作者的精心改编,原本口头化的语言被丰富成了合理的戏剧性故事,其中有开头背景的交代,有合理因果关系的矛盾冲突的开始、发展直至激化。这部小品味十足的动画在编创的时候融入了大量的想象与夸张，就具有了中国特色的、寓意的、漫画的、幽默的、精炼的、喜剧风格的等一系列元素。

7.3.4　更换原著故事的时间背景

不同的时代背景下，一样的故事往往能展现出不同的魅力。这个时代的因素可以是现实中的，也可以是虚拟的。当原著中的角色经过具有时代特性的刻画后，旧的故事就有了新的内涵和意义。

在进行改编的过程中，只要是文学作品变成影视作品，那么就要有一种特性上的转化，在这里介绍几个改编动画剧本需要注意的地方。

第一，故事结构的戏剧化调整。大多数主流电影还是采用了戏剧化的结构，就是我们经常谈到的起承转合。和小说比较，剧本的这种起伏变化就明显得多了。一部小说或者童话改编成剧本时，编剧就需要对原来的故事做一个结构上的整理，找出原本故事线索的开端、发展、高潮、结尾，使观众能抓住明确的故事发展脉络，简化那些较为细碎的情节支线，寻找巧妙的切入点带观众进入故事，并且对高潮段落加以强化。对于动画片来说，这种简明而富有节奏感的结构方式就显得更为重要了。

第二，单纯唯美的动画氛围。当一部作品被改编为动画片时，其作品中阴暗、沉闷、过于尖锐的部分，往往会被剔除掉，取而代之的是美好和纯洁。改编自《哈姆雷特》的《狮子王》就是一个典型的例子。哈姆雷特的结局十分凄惨。而在《狮子王》这部动画片当中，创作者对结局做了一个很大的调整：仇人跌下悬崖，王子复仇成功了，母亲和动物王国都得到了解救，王子和爱人有情人终成眷属。当然这样的处理不仅体现在结局，也体现在故事的每段情节当中。

7.4　动画剧本改编的方法

动画剧本创作的方法有原创和改编两种形式，相应的剧本就有两种类型：一种是原创剧本；另一种是改编剧本。原创剧本是编剧从剧本的整体构思、作品创意、审美情趣的各个方面进行独创性工作而完成的。它是动画编剧在生活中的直接体验、理解和评价的结晶。

改编动画剧本是以原有的作品为基础，按照动画片的要求重新编写，输入新的创作理念、创作意图和特殊的形式要求；或者在原创的基础上，保持其原来的创作理念和创作意图，保持原来的故事，改编者只是在表现形式上为了适应动画片的要求做适当的改动，使其成为一部能进行动画创作的剧本。改编是影视剧本的重要来源之一，在动画片中占有相当大的比重。动画剧本改编的范围非常广泛，有小说、散文、诗歌、故事、寓言、童话、民间传说、神话、戏剧等。

7.4.1　常见的改编方法

忠实改编是常用的一种改编形式。忠实改编主要强调在改编过程中忠实原著的故事结构、角色性格以及叙事方法，保持原作品的原汁原味，力求把原作的内涵、塑造的角色忠实地表现出来。这种改编和转换,是一个把抽象的文字转化成具象的视听语言的过程。

与忠实改编相对应的颠覆性改编,则是对原著的主题精神提出质疑,并以全新的视角、另类的思维方式重新诠释,甚至彻底翻案。大多数改编方式,无论对故事、主人公做怎样的改变,都保持了故事原本的主题,而颠覆恰恰是要打破原先故事的思维方式,对原来的主题提出质疑,甚至彻底颠覆。最常见的就是对名著的颠覆。向传统挑战,正是这类改编作品的主题。那些名著往往在人们观念中有着根深蒂固的地位,打破这种看似坚不可摧的东西,会在人们心中引起某种震动,同时这种"新"与"旧"强烈的对比也会带给观众一种全新的感受。2009年迪士尼推出的手绘动画长片《公主与青蛙》等就是很好的例子。这部改编自格林童话中《青蛙王子》的故事,其上映所取得的轰动意味着代表美国传统卡通的迪士尼也正在寻求不同以往的自我突破,甚至从片名上就表明了向传统宣战的态度。

下面讲述节选、浓缩、取意、移植等常见的改编方法。

1．节选

节选是指在原著中截取相对完整的一段内容加以改编。例如,中国动画影片《大闹天宫》就是节选自《西游记》前七回的故事。

《大闹天宫》是上海美术电影制片厂于1961—1964年制作的一部彩色动画长片。该片作为中国动画片的经典影响了几代人,是中国动画史上的丰碑。该动画片在造型、设景、用色等方面借鉴了古代绘画、庙堂艺术、民间年画的特色,又将中国传统戏曲的表演艺术融入其中,描述了家喻户晓的孙悟空,使这一形象跃然银幕,化无形为有形,挖掘各种艺术表现手段,具有鲜明的民族风格和精湛的艺术技巧。国外评论说:"《大闹天宫》不但具有一般美国迪士尼作品的美感,而且造型艺术又是迪士尼式的美术片所做不到的,即它完全地表达了中国的传统艺术风格……是动画片中的真正杰作。"

《大闹天宫》以神话形式反映了压迫者与被压迫者之间的尖锐冲突与斗争,通过孙悟空闹龙宫、反天庭的故事,比较集中而突出地表现了孙悟空敢做敢当、机智乐观、大胆反抗天威神权的无畏精神和斗争性格。同时也暴露和讽刺了玉帝、龙王、天神天将们的飞扬跋扈、专横残暴和昏庸无能。本片的主题鲜明、深刻,基调明朗、昂扬。影片的叙事线索:借金箍棒—封弼马温—自封齐天大圣—天兵降临—管蟠桃园—闹天宫—捉进炼丹炉—捣坏凌霄殿—胜利结束。在结尾处与《西游记》中的描写不同,大闹天宫之后的孙悟空回到花果山,跟孩儿们过起了幸福的生活,孙悟空成了一位敢于反抗、敢于斗争的胜利者,这段改编更加体现了对孙悟空反抗精神的肯定,显示出了大胆的创新精神。

2．浓缩

浓缩是将头绪纷繁、篇幅浩大的原著进行提炼和概括,浓缩原著的内容加以改编。例如美国动画影片《钟楼怪人》就是由雨果的长篇浪漫主义小说《巴黎圣母院》浓缩而成。影片运用动画表达方式将其构成了一幅幅绚丽而奇异的画面,同时浓缩了故事情节,使其中尖锐的冲突鲜明而富有冲击力。

影片一开始就交代了加西莫多儿时的悲惨经历:父母被杀,因神父的干预,孚罗法官没有把加西莫多扔进井里,而是收养了他,让他在钟楼里打钟,一直到20岁。在愚人节上,加西莫多看热闹时,被艾斯米拉达拉上台,从而成为节日里的丑王。法官不满吉卜赛人的自由生活对宗教压抑人性的破坏,下令捕捉艾斯米拉达,新上任的队长费尔斯却钟情于艾斯米拉达。艾斯米拉达逃避追捕时误入教堂。当时规定,只要请求宗教避难,世俗权力就不能过问。法官下令在教堂周围设防,但加西莫多放走了艾斯米拉达,队长也因此被捕,并受到法官的陷害。艾斯米拉达把受伤的队长救到加西莫多处,队长和艾斯米拉达的爱情让加西莫多的心灵受伤。艾斯米拉达藏身的神圣王国被法官发现,队长和加西莫多去报信,法官带兵尾随而至,抓住众人,施以火刑。在危急时刻,加西莫多从天而降,解救了众人。队长率领民众和法官势力开战,赢得了胜利。法官在追杀加西莫多和艾斯米拉达时,坠楼身亡。影片在对原著浓缩改编的基础上,基本上沿用了原著的重要情节和矛盾冲突,气势宏大,体现了大刀阔斧的勇气。

改编中还包括一些非常规的改编方式,这些改编的剧本只是在某些方面和原著有一定的关系,可以说原著只是灵感来源,而在改编的主题意旨和思想实质方面和原著完全不一致。例如中国动画影片《红孩儿》《小倩》。由此可见,动画剧本的改编不是一成不变的,它没有固定的程式,它改编的内容、形式、主题、视角等都由改编者自由确定。

3．取意

取意就是从原著的人物、情景等情节中得到启示并加以改编,如《花木兰》《美女与野兽》(美国动画片)、《龙猫》《三个和尚》(日本动画片)。

《龙猫》是宫崎骏的作品,主要描绘的是日本在经济高度发展前存在的美丽自然,那个只有孩子才能看见的不可思议的世界和丰富的想象,因为能唤起观众的乡愁而广受大众欢迎。据说在宫崎骏的家乡,流传有着一种叫TOTORO的生物,它们就像我们的邻居一样,在我们的身边嬉戏、玩耍。但是普通人是看不到它们的,据说只有小孩子纯真无邪的心灵才可以捕捉它们的行迹。如果静下心来倾听,风声里可以隐约听到它们奔跑的声音。这是宫崎骏幼年时在家乡听到的传说,年少的他也曾经认真地在小径上等待,在草丛间寻找。长大后,他投身于动画制作,心中始终念念不忘在乡下度过的那段美好时光,始终念念不忘这个为小孩子们编织的精巧的梦。在这种情绪的感召下,《龙猫》问世了,宫崎骏将它搬上了银幕。

4．移植

移植是将原著的主题、人物、情节移植到改编的剧本中。例如,动画片《狮子王》,整部影片虽取材于莎士比亚的《哈姆雷特》,但将故事的背景设在了富有生命力的非洲草原,围绕着一只生来就注定要成为万兽之王的小狮子辛巴的成长历程,对其与叔父之间的抗争、整个家族间的斗争与归属感进行了精彩的刻画。但是影片并没有仅仅停留于此,而是将观众的视角引向了爱、成长、生命、勇敢、自我救赎等具有深远意义的童话世界,激荡着观众的心灵,让艺术具有永久的魅力和不息的艺术生命力。

7.4.2 动画剧本改编的情况

1．基本忠实于原著

这种由小说等原著形式向动画形式的转变,主要是表现形式的转变。原著中的故事、主题等都保持不变,只是对人物外形做动画形式的改变。这种依靠于原著已有的影响力的改编,犹如站在巨人的肩膀上,有时会收到非常好的效果。如《哪吒闹海》,取自于明代神魔小说《封神演义》中的神话故事。讲述了妖龙作祟,残害百姓,哪吒大闹龙宫水府的故事。主角人物哪吒的天真烂漫与不畏强权的精神,备受人们喜爱。

2.只保留原著一小部分的改编

这种只保留原著一小部分的改编主要是保留人物的某种特征和特性,还有的是保留原著的一个卖点或重要情节,然后重新编制情节和主题,使故事变得更富有浪漫性,更有情趣,更好看。如美国动画片《花木兰》改编自我国的《木兰辞》,但它突破了原诗的内容描述,设置了木兰与媒婆的冲突,将重点放在了木兰个人的成长,并加进了木兰与李翔将军的爱情,还设置了敌人绑架皇上反扑的情节。

3.借题发挥

原著只是一个"由头",作品和原著之间仅仅具有一定的联系,实际上和原著关系不大。如日本动画片《七龙珠》以中国古代小说《西游记》为蓝本,却把它改得面目全非,人物沿用《西游记》,但形象和原作相去甚远,情节更是毫无联系。

综上所述,动画编剧在进行改编工作中,要结合科技、文风、画风、哲学思辨、美学等创作要素,使作为综合艺术的动画片以其独特的审美意识,在潜移默化中揭示着美的规律和艺术本质。

对于初学写作剧本的人,进行一些改编练习,对认识剧本的特性,认识动画的特性都很有好处。而且,影视创作本来就是集体创作,应该学会如何和别人共同进行创作,学会把不同的创意和想法融合到创作中去,在改编剧本这个过程中,就可以提炼、变形别人的创意,同时进一步把自己的创造力发挥出来。

7.5　典型实例分析

7.5.1　《花木兰》的美国式改编

迪士尼动画片《花木兰》改编自中国北朝民歌《木兰辞》。《木兰辞》又称《木兰诗》,是一首叙事诗。花木兰以替父从军击败北方入侵闻名天下,是中国南北朝时期一个传说色彩极浓的巾帼英雄,她的故事也是一支悲壮的英雄史诗。《木兰辞》原文如下。

唧唧复唧唧,木兰当户织。不闻机杼声,惟闻女叹息。问女何所思,问女何所忆。女亦无所思,女亦无所忆。昨夜见军帖,可汗大点兵,军书十二卷,卷卷有爷名。阿爷无大儿,木兰无长兄,愿为市鞍马,从此替爷征。

东市买骏马,西市买鞍鞯,南市买辔头,北市买长鞭。旦辞爷娘去,暮宿黄河边,不闻爷娘唤女声,但闻黄河流水鸣溅溅。旦辞黄河去,暮至黑山头,不闻爷娘唤女声,但闻燕山胡骑鸣啾啾。

万里赴戎机,关山度若飞。朔气传金柝,寒光照铁衣。将军百战死,壮士十年归。

归来见天子,天子坐明堂。策勋十二转,赏赐百千强。可汗问所欲,木兰不用尚书郎,愿驰千里足,送儿还故乡。

爷娘闻女来,出郭相扶将;阿姊闻妹来,当户理红妆;小弟闻姊来,磨刀霍霍向猪羊。开我东阁门,坐我西阁床,脱我战时袍,著我旧时裳,当窗理云鬓,对镜帖花黄。出门看伙伴,伙伴皆惊忙:同行十二年,不知木兰是女郎。

雄兔脚扑朔,雌兔眼迷离;双兔傍地走,安能辨我是雄雌?

迪士尼动画片《花木兰》从主题、情节等方面对花木兰的故事进行了改编。

1. 主题

《木兰辞》讲述的是一位勇敢、善良、坚韧的中国妇女,为孝顺父母挺身而出保卫家园的故事。而在动画片《花木兰》中,则按照美国的文化理念对主题进行了改造,故事由一个为尽孝道而保家卫国的故事,改编成了勇于突破传统意识框架束缚、追求个性解放、抗击社会及外来压力,实现自我价值的故事。

电影一开始,编剧先展示给观众的是一个身穿吊带衫、性格活泼开朗的花木兰,并大肆渲染花木兰在媒婆处碰壁的过程。影片中,花木兰失落地回家,她的苦闷源于她自我价值的觉醒。她说:"何时才能找到自我?"影片的主题曲以独白的形式传达了花木兰当时的心情:"为什么我却不能成为好新娘,伤了所有的人。难道说,我的任性伤了我?我知道,如果我再执意做我自己,我会失去所有的。为什么我眼里看到的只有我?却在此失去道理,呐喊!遥远,敞开我的胸怀,去追寻!去呐喊!释放真心的自我,让烦恼不在!释放真心的自我,让烦恼不在!"

花木兰追求"真情自我"成为支撑全篇的主题。花木兰从军后,战功卓著。当花木兰的性别因受伤暴露后,她甚至承认自己这样做并非仅仅为了父亲,更为了实现自我。对个性的强调,尤其对女性个性的强调在中国的封建历史上非常罕见。可是,在西方的价值观念中,寻找自我是人类永恒的过程和话题,花木兰就是在这种价值观念中重新被审视的,其结果就是花木兰成为一个忠诚勇敢的人寻求自我的个人成长经历。

木兰的身份暴露后,被逐出军营,可是她在匈奴反扑的关键时刻拯救了皇帝的性命,得到了皇帝的荣誉徽章。其行为被解读为在男女地位极不平等价值观念的束缚下,女性也可以通过自己的努力来证明自己的价值,一样可以完成拯救国家于危亡的使命,从而得到社会的认可和尊重。当她立功凯旋回家,见到父亲以后说:"我也许不是为了父亲,也许这是为了我自己。"

迪士尼动画片中花木兰的故事由一个忠孝两全的故事演绎为一个少女追寻自我的经历,花木兰也成为一个具有独立、勇敢、追求个性解放等现代观念的美式女青年。

2. 人物的设置

《木兰辞》中的人物比较简单,除了父母家人之外,军队的战士形象都是非常模糊的。这些对于一部电影来说远远不够,所以在影片中主要增加了李翔将军,还有插科打诨的配角——木须龙和蟋蟀,这也是迪士尼动画片惯用的套路。还增加了尖酸刻薄的宰相、可笑滑稽的同伴和媒婆。与原著相比,形象模糊的父亲和皇帝的性格也得到了充分的发展,父亲要强又宽容,皇帝则雍容而大度。

3．情节的设置

在《木兰辞》中，主要叙述的是木兰参军前的犹豫彷徨、出征前的准备，以及得胜回家的喜悦场面，至于沙场征战的过程只是一笔带过。而改编后的影片，情节上突破原著的描述，先设置了木兰与媒婆的冲突，木兰不安于普通女子待字闺中的生活，此情节的安排说明木兰具有不安于现状、与周围环境及世俗观念抗争的性格，为后面替父从军做了铺垫。编剧将更多的笔墨放在参军受训和雪地鏖战，突出木兰的军旅生涯，并增加了木兰与李翔将军在军中萌生的爱情，使得人物形象更为丰满、立体。故事在古代背景中注入了新的文化元素，把故事放在一个有柳树、祠堂，同时有摇滚乐、牛奶早餐的环境中，木兰身穿吊带衫，祖先的神灵伴随着摇滚乐翩翩起舞，木须龙读现代报纸。《花木兰》成为一部极富美国特色和时代感的动画电影。

7.5.2 《三个和尚》

《三个和尚》是根据民间谚语"一个和尚挑水喝，两个和尚抬水喝，三个和尚没水喝"和"人心齐，泰山移"改编而来，将两个意义完全相反的中国民间古老谚语结合成一个完整的故事。故事讲述了一个小庙里来了一个小和尚，每天一人挑水喝，自得其乐。不久来了个高和尚，小和尚让他一人挑水喝，后来谁都不干，于是只好俩人抬水喝，而抬水时俩人斤斤计较，只好拿出一把尺子来量，在扁担上量出尺寸，水桶居中，这才公平合理。最后来了个胖和尚，三个人谁也不肯吃亏，眼看缸里的水越来越少，宁肯干耗着，可谁也不肯去挑水。从此以后，谁也不挑水，三个和尚没水喝了。大家各念各的经，各敲各的木鱼，观音菩萨面前的净水瓶也没人添水，花草枯萎了。夜里老鼠出来偷东西，谁也不管，结果老鼠猖獗，打翻烛台，燃起了大火，三个和尚这才一起奋力扑救，大火灭了，小庙终于保住了。三个和尚悟出了道理——"要搞技术革新"。三人齐心协力用滑轮把水从山下吊到庙里来。

1．主题

导演阿达说："'三个和尚没水吃'并不是说人多不好，而是因为心不齐才坏事。"

在这部动画片中，将这三句话做了进一步的引申和阐释。告诉人们，只要大家心齐，劲往一处使，心往一处想，就能够办好事。片中用三个典型的人物形象入木三分地刻画了普遍存在于普通人中的为个人小利斤斤计较的自私心理，并有意识地树立了一个对立面：当三个和尚不去挑水，背坐在那儿干耗着时，小老鼠出来作怪，打翻烛台，烧了幔帐，引起了火灾。面对这场大火，大家放弃一己私利，全心全意投入到救火之中，矛盾终于得到了圆满解决。三个和尚的思想也得以转变：齐心协力，团结一致战胜困难。取水的办法也因此想了出来，他们分工合作，大家的吃水问题就解决了。该片由原来的谚语翻出了新意：不是人多办不好事，而是心不齐办不好事，人多心齐就可以办好事。

2．人物的设置

《三个和尚》中的三个和尚被塑造了三种不同的个性特征。第一个出场的小和尚，是一个单纯、聪明和天真的孩子。编剧这样设置人物的性格为以后剧情的发展留下余地,因为只有当他遇到第二个和尚之后,在矛盾冲突中受到对方的影响,才变得自私起来。片中小和尚赶路,结果一脚踩在一只小乌龟上,摔了个四脚朝天,表现了小和尚机灵、心眼活的性格。

第二个出场的和尚被设计为奸刁、工于心计、好占便宜的成年人。他的一举一动会直接影响到小和尚。他身材瘦长,长方脸,两眼靠拢在一起,嘴巴紧紧抿成一条缝的样子,并给他穿上了冷色的蓝衣服,烘托这个人的性格。片中高和尚的细长身材和赶路时懒洋洋的样子,以及与小和尚抬水时拿出尺子来量,都体现了高和尚懒惰、小心眼的性格。

第三个出场的和尚被设计为贪婪、憨直。他圆头圆脑、嘴唇肥厚、身躯笨胖。胖和尚赶路,气喘吁吁,头顶上的烈日穷追不舍,晒得他大汗淋漓,脸上的颜色由白变棕,由棕变红。当他看见水波粼粼,大喜过望,狂奔而去一头扎到清凉的水中,只听见"嗤"的一声,水面上冒出了团团热气,这些都表现了胖和尚的憨态可掬,使人物性格塑造更加鲜明。

影片中的老鼠是一个反面角色,是一个捣乱破坏者。这个角色的设置为影片增添了浓厚的喜剧色彩。影片最后把老鼠的死处理为被三个和尚怒目挥拳而吓死的,而不是打死的,编剧考虑到了佛门弟子不杀生的戒律,与三个和尚赶路时放生的细节遥相呼应。

3. 情节设置

《三个和尚》在情节的处理上,侧重于两点:一是对三个人物出场的细致刻画。根据三个和尚的不同性格和他们自身的身份,分别设计了一些小动物妨碍他们的走路,即小和尚和乌龟、高和尚与蝴蝶、胖和尚与鱼,来增加趣味和凸显人物的性格,最后又以放生来解决。二是将着眼点放在对"水"的描写上。小和尚一人挑水吃,安然自得,平平淡淡。高和尚来了后,两个人开始产生了矛盾,但经过协商,矛盾减弱,两个人抬水吃。抬水时斤斤计较,你多我少,争执不下,拿来尺子在扁担上量尺寸,水桶居中,这才公平。胖和尚来了,这个矛盾开始激化,谁也不肯吃亏,谁也不管事,等到老鼠出场,四处乱窜,撞了油灯,引着了大火,这下才醒悟,三个和尚齐心协力灭了大火,保住了小庙,保住了自身。

片中还设置了一些出人意料的情节:天空电闪雷鸣,乌云遮天,暴雨即将来临,满以为能下场大雨,和尚们拿来水桶准备接水,这样就不用挑水了。但结果是光打雷不下雨,顷刻间乌云过去又是一轮红日,落得一场空欢喜。这些情节的设置出人意料,增加了影片的喜剧效果。

小结

本章主要讲解动画剧本的改编。动画剧本创作的方法有原创和改编两种形式。但是,改编在动画片剧本的创作中占有非常重的分量,我们熟悉的很多作品都是通过改编而来。对原有的作品进行节选、移植、浓缩和取意等方法来实现改编,但是不管用哪种方法,都要符合动画剧本创作的要求,符合动画的表现形式。在学习中,要掌握改编的技巧和方法,借鉴成功的经验,指导剧本创作与改编。

实训练习

1．学习、体会周星驰电影《大话西游》中对《西游记》的颠覆性改编。

2．阅读一部动画片原著，并观看这部动画片，写出其中采取了哪几种改编方式，分析其效果如何。

3．根据原创剧本的创作方法，用身边熟悉的生活片断为素材，写一个小篇幅的动画剧本，注意体现颠覆性改编的使用。

ANIMATION

第8章　动画编剧的电影思维

　　动画编剧要了解动画发展历史,了解视听语言,尤其是掌握动画的视听语言特点,了解镜头技巧与组接方式、画面处理技巧,了解和掌握动画电影的艺术表现方式,尤其是电影蒙太奇,具备动画编剧的电影思维,才能写出符合视听规律的动画剧本,从而促进动画导演高效、顺利地工作。

8.1　动画发展简史

　　两万五千年前的石器时代洞穴上的野牛奔跑图(图8.1),是人类试图捕捉动作的最早证据。在一张图上把不同时间发生的动作画在一起,这种"同时进行"的概念间接显示了人类"动"的欲望。文艺复兴时期,达·芬奇画作(图8.2)上的人有4只胳膊,表示双手上下摆动的动作。

图8.1　《野牛奔跑图》

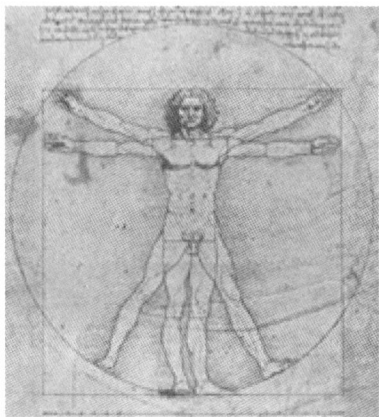

图8.2　达·芬奇画作

　　1824年,英国人皮特·马克·罗葛特首先发现了视觉暂留。

　　1824年,英国人约翰·A.帕瑞思发明了"幻盘"(或留影盘)。圆盘的一面画了一只鸟,另外一面画了一个空笼子,当圆盘被旋转时,鸟在笼子里出现了。

　　1832年,比利时人约瑟夫·普拉托把画好的图片按照顺序放在一部机器的圆盘上,圆盘可以在机器的带动下转动。这部机器还有一个观察窗,用来观看活动图片效果。在机器的带动下,圆盘低速旋转。圆盘上的图片也随着圆盘旋转,从观察窗看过去,图片似乎动了起来,形成动的画面,这就是原始动画的雏形。

1906 年,美国人詹姆斯·斯图尔特·布莱克顿制作出一部接近现代动画概念的影片,片名叫《滑稽脸的幽默相》,该片被誉为世界上第一部动画片。

1908 年,法国人埃米尔·科尔首创用负片制作动画影片,所谓负片,是影像与实际色彩恰好相反的胶片,如同今天的普通胶卷底片。采用负片制作动画,从概念上解决了影片载体的问题,为今后动画片的发展奠定了基础,同时科尔也被称作"现代动画之父"。

1909 年,美国人温瑟·麦凯用一万张图片表现了一段动画故事《恐龙葛蒂》(图 8.3),这是迄今为止世界上公认的第一部像样的动画短片。

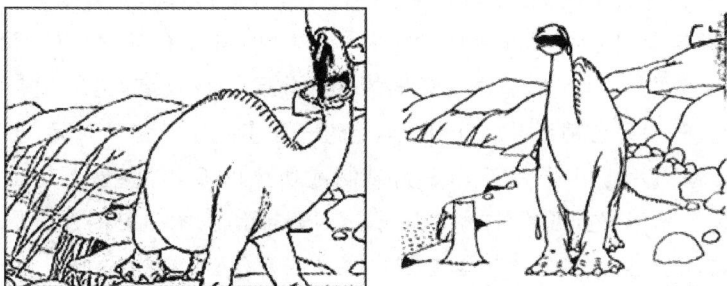

图 8.3 《恐龙葛蒂》

1913 年,美国人伊尔·赫德创造了新的动画制作工艺"赛璐璐片",他先在塑料胶片上画动画片,然后再把画在塑料胶片上的一幅幅图片拍摄成动画电影。多年来,这种动画制作工艺一直被沿用着。

1928 年,华特·迪士尼创作出了第一部有声动画《威利号汽船》(图 8.4);1937 年,又创作出第一部彩色动画长片《白雪公主和七个小矮人》。他逐渐把动画影片推向了巅峰,在完善了动画体系和制作工艺的同时,还把动画片的制作与商业价值联系了起来,被人们誉为"商业动画之父"。

1995 年,皮克斯公司制作出第一部三维动画长片《玩具总动员》(图 8.5),使动画行业焕发出新的活力。

图 8.4 《威利号汽船》

图 8.5 《玩具总动员》

随着计算机在影视领域的延伸和制作软件的增加,三维数字影像技术扩展了影视拍摄的局限性,在视觉效果上弥补了拍摄的不足,在一定程度上计算机制作的费用远比实拍所产生的费用要低得多,同时为剧组因预算费用、外景地天气、季节变化而节省时间。制作影视特效动画的计算机设备硬件均为 3D 数字工作站。制作人员的专业有计算机、影视、美术、电影、音乐等。影视三维动画从简单的影视特效到复杂的影视三维场景都能表现得淋漓尽致。

动画按照工艺技术可以分为:平面手绘动画,立体拍摄动画,虚拟生成动画,真人结合动画等。按照传播媒介可以分为:影视动画,电视动画,广告动画,科教动画等。按照动画性质可以分为:商业动画,实验动画等。

中国的动画创作受到美国动画的影响比较多。1956 年,钱家骏等人拍摄的我国第一部彩色动画片《乌鸦为什么是黑的》在国外首次获奖。自 1956 年起,中国动画的拍摄进入了全色彩片的阶段,并摸索出发扬民族风格的创作道路。1956 年特伟导演的《骄傲的将军》和1958 年王树忱导演的《过猴山》,是这一时期的优秀作品。1957 年,万古蟾带领一组人组成剪纸片实验小组,开始筹拍剪纸片。1958 年,经过一年多的艰苦奋斗,《猪八戒吃西瓜》这部中国第一部剪纸动画片终于在 1958 年 9 月试制成功。1960 年,虞哲光在儿童折纸和手工劳动基础上首创了第一部折纸片《聪明的鸭子》。1961 年,美术电影制片厂的动画师们从齐白石作品的笔法入手,集体创作出中国首部水墨动画片《小蝌蚪找妈妈》。如图 8.6 所示为水墨动画的代表作《小蝌蚪找妈妈》。20 世纪 60 年代初,万籁鸣和唐澄导演了《大闹天宫》,历经 4 年完成的鸿篇巨作把民族风格推向了极致。

图 8.6 《小蝌蚪找妈妈》

中国动画始终致力于创作一条具有本国特色的道路,坚持民族绘画传统,在改革开放以后,世界动画的大潮中也未放弃这一宗旨。中国的动画行业从动画作家、工作室再到企业,全部都在借鉴国外先进技术手法,整合现有资源,突破动画瓶颈,摆脱地域性的束缚,力求增强自身原创魅力,逐渐走向成熟,得以良性发展。注重在动画片中洋溢活泼清新的气息,给人以美的启迪。同时又十分注重教化意义,在动画片的创作中秉承“寓教于乐”,使动画片不致流于肤浅的纯娱乐搞笑。在影片类型上具有代表性的中国动画就是水墨动画。

2015年,中国动画涌现出《大圣归来》《魁拔》《秦时明月》等诸多优秀作品。以《大圣归来》为例,一路扶摇直上,最终斩获9.56亿元人民币的票房业绩,成功夺得中国动画电影最高票房记录,成为国产动漫电影史上的票房新标杆。

8.2　视听语言

8.2.1　视听语言概念

视听语言就是一种表现电影艺术的艺术手段,利用视觉与听觉元素的合理安排向受众传播某种信息,是大众传播的一种符号编码系统。视听语言包括狭义的视听语言和广义的视听语言。

所谓狭义的视听语言,就是镜头与镜头之间的组合;所谓广义的视听语言,还要包含镜头里表现的内容——人物、行为、环境乃至对白,即电影的剧作结构,又称蒙太奇思维。从广义上讲,所有的影视作品都是以镜头为基本单位,视听语言是为语法书写而成的文章,只不过这些文章记录在胶片上,而不再仅仅存在于白纸之上罢了。

总的来说,视听语言的内涵包括以下三个方面。

(1) 作为一种思维方式,它是电影反映生活的艺术方法之一,采用形象思维的方法,是文字、对白、旁白等形式不能摆脱的问题;

(2) 作为电影的基本结构手段、叙事方式,它是镜头、分镜头、场面段落的安排和组合;

(3) 作为电影剪辑的集体技巧和方法,电影视听语言主要研究思维方法、创作方法、基本语言(镜头内部运动、镜头分切、镜头组合、声画关系)。

视听语言,实际上就是将影视作品的语言分为视觉元素和听觉元素,进而分解成镜头、轴线、机位、角度、运动、景别、色彩、构图、灯光、剪辑、对白、音响、音乐等元素。在大的方面,视听语言中的元素可以划分为三个部分:影像、声音和剪辑。无论是造型、影像、声音还是剪辑,都在一部成功的动画片中发挥着至关重要的作用。

8.2.2　视听语言的影像因素

1. 镜头

镜头是影视的基本组成单位,是影视造型语言的基本视觉元素。影视镜头就是摄影机从开始拍摄到停止拍摄,这一段电影胶片算作一个镜头。一部剧场版动画电影一般由400~800个镜头组成。构成叙事与视觉基础的镜头,单个时并不能表达明确的观念,镜头与镜头连接后形成的逻辑关系才是视听语言用来表达影片主题和讲述故事的重要手段。正是由于镜头和镜头段落的存在,才有了场景的构成,同样由于单个镜头的不同组合,才形成了影片的情节、气氛、意义。镜头可以分为三种:关系镜头,动作镜头,渲染镜头。关系镜头以全景为主,用于交代场景中的时间、环境、地点、气氛、角色、角色之间的关系等。如《怪物史莱克》里,驴子的出场段落中,表现国王设下兵站通缉神话人物,小矮人、女巫都被人带到兵站关押起来,驴子也被主人带到兵站,由于驴子不开口说话,驴子的主人被士兵拖走,挣扎中抛起的魔法瓶即将击中驴子……动作镜头又称局部镜头、叙事镜头,多以中、近景为主,用于表现人物的表情、动作、强调人物动作及动作过程、动作细节等。当士兵看到史莱克时,除了军官都吓得跑掉了。渲染镜头多用空镜头,主要是运用暗示、象征、比喻、夸张等手法对故事主题进行表现,《狮子王》中辛巴彷徨无助时,在天空中看到了父亲,得到他的鼓励。这三类镜头在具体影片中的不同运用,形成了不同的影视风格。

影片影像是导演在屏幕上最终让观众看到的影像信息,观众看到时已经是导演事先设计好的,让观众看什么、怎么看,都是由导演通过镜头影像中的视点、角度、人物和摄像机的运动引导去观察思考的。影视作品的影像镜头多数是客观镜头,这是观众从旁观者的角度观察、理解影像信息,客观镜头主要用来描述场景气氛,推动剧情发展,让观众在不知不觉中完成影片的观赏。在影片中还有一些主观性镜头,模拟主人公的视线,引导观众站在主人公的角度看待问题,体会他的切身感受。

在一个完整的场景中,一般会用一个全景镜头把一场戏记录下来,这个镜头叫主镜头。这个镜头能够反映出角色完整的动作和对话,明确整场戏的照明、服装、道具及角色之间的空间关系。与此同时穿插不同机位、不同角度、不同景别的镜头,形成影像。单个的镜头只能记录某一瞬间的时间,并不能表达明确的观念。每一个镜头都是一个个体,组合在一起,形成一个影片。许多信息丰富、独特、准确的镜头组接会影响到整个影片的观感,从而形成一部优秀的影片。镜头与镜头之间运用视听语言连接后形成的逻辑关系才是用以表达含义和讲故事的重要手段。

例如,影片《功夫熊猫》中使用主镜头较多,每一场次不论具体的镜头有多少个,角色各自的内反切、外反切、反应性等客观性镜头交替切换都统一在主镜头之中,表示故事发展的脉络。《功夫熊猫》是三维动画,其中镜头角度的运用比较丰富,除推、拉、摇、移外,还有升降镜头、跟镜头、甩镜头等,高角度俯视、鸟瞰镜头、低角度仰视、水平线镜头、蠕虫镜头、正面、侧面等镜头在影片中都有体现。

《功夫熊猫》采用"多机位拍摄"(是一种模拟摄像机拍摄的状态)。呈现在镜片中的是一组描述同一事物、同一时间、不同角度的镜头的组接,每组镜头都运用了很典型的电影语言。设计者很好地运用了多角度拍摄,加强了现场的真实性,强调角色动作的爆发力和力量感,给动画影片带来了新的视觉冲击力和视觉感受。

镜头一:全景,摄像机缓慢下降,空旷的走廊。

镜头二:中景,固定机位,阿宝小心地走路。

镜头三:近景,固定机位,阿宝听到地面木板的反应性镜头。

镜头四:特写,变轴,阿宝抬起的脚。

镜头五:近景,阿宝踩碎木板。

镜头六:中景,回到原来的轴线,阿宝快速走路,横移镜头,闯到仙鹤的卧室。

2. 轴线

轴线是指在镜头的转场中制约视角变化范围的界限,被摄对象的运动方向或被摄对象(两个人物以上)相互之间的位置关系所形成的一条假定的直线就是轴线,也被称为关系线、180°线或方向线。没有轴线关系的约束,将不同侧面的镜头组接在一起,被摄主体的动作方向或人物之间的位置关系会出现混乱,这就是"离轴"或"跳轴"。这是拍摄与剪辑中不可忽视的问题,因为它们直接关系到影视动画视听语言的流畅性。

导演在设定角色之间的轴线之后,调度摄像机镜头时不能轻易破坏轴线关系,遵循轴线原则,比较容易理顺视觉方向性和画面形象间的方向关系。如《功夫熊猫》中,师傅发现熊猫有练武潜质的一段。

镜头一:1号位中景,浣熊师傅和熊猫的关系位置,建立两者的轴线关系。

镜头二:7号位近景,内反切镜头,师傅的反应镜头。

镜头三:6号位近景,内反切镜头,熊猫的反应镜头。

镜头四:7号位近景,内反切镜头,师傅的反应镜头。

镜头五:8号位中景,主观性镜头,模拟师傅观察室内情况的视线。

镜头六:7号位近景,内反切镜头,师傅的反应镜头。

镜头七:6号位近景,内反切镜头,熊猫对白"我不开心的时候就爱吃"。

镜头八:7号位近景,内反切镜头,师傅对白"猴子在橱柜顶上藏了饼干",师傅左侧出镜。

镜头九:4号位近景,外反切镜头,熊猫右侧出镜,摇镜头,跟着师傅的移动看熊猫在橱柜上吃东西。

镜头十:1号位中景,构建了新的轴线关系。

轴线不是绝对不能跨越的,镜头1~8都在轴线的一侧,越轴时,通过两次人物角色移动,师傅从画面左方出镜,熊猫从画面的右方出镜,实现了"合理的"越轴,构建了新的轴线关系。

《功夫熊猫》中无轴线移动应用比较多,三维动画的摄像机镜头可以不考虑轴线关系跟随角色移动,这是传统影视作品和二维影视动画制作所不具备的新型优势。例如,在习武馆的练习、虎妞下山阻止太郎、师傅和太郎的决斗等段落都有所体现。

3. 机位

机位就是摄影机的摆放位置,是导演为镜头视点选择要拍的类型镜头后,对摄影机位置的设计和确定。根据要拍摄的影像信息,又分为固定摆放摄影机的固定机位和在拍摄进行中改变摄影机位置的运动机位。

例如,《功夫熊猫》的机位大多设置在角色的一侧,也就是B区的1~10号位置,表现角色之间的镜头时多使用正反打镜头,4~7号位的镜头会极度贴近轴线,但比较少使用在轴线上的8、9号位镜头。这些镜头的组合更好地使观众有效地参与影片的观赏,却不会使观众产生被强加观赏角度的抵触情绪。

镜头一:4号位,外反切镜头,过肩镜头,交代熊猫和仙鹤位置,建立两者的轴线关系。

镜头二:8号位,主观性镜头,模拟仙鹤的主观视线,熊猫问好。

镜头三:1号位,客观性镜头,仙鹤和熊猫的对话。

镜头四:6号位,内反切镜头,熊猫对白"练功夫很累"时仙鹤的表情。

镜头五:8号位,主观性镜头,模拟仙鹤的主观视线,熊猫对白"有跌打损伤膏"。

镜头六：4号位,外反切镜头,过肩镜头,仙鹤对白"我很累也很失望"。

镜头七：8号位,主观性镜头,模拟仙鹤的主观视线,熊猫对白"是的"。

镜头八：4号位,外反切镜头,过肩镜头,熊猫同仙鹤告别。

镜头九：8号位,主观性镜头,模拟仙鹤的主观视线,熊猫去而复返。

镜头十：7号位,客观性镜头,熊猫表达他的崇拜。

又如《喜羊羊》机位大多设置在角色的正前方,是每一个角色的1号位,加强了观赏者的主观地位。影片的目标人群是幼儿,这个阶段的小孩子方位感和空间距离感都不是很好,多机位、多景别的镜头切换,会使他们难以理解人物之间的关系,妨碍他们的观赏。加强1号位镜头,有意识地带动观众的观察主动性,易于理解。

4. 角度

角度是摄像机镜头焦点和被摄对象之间的假想直线,与水平线、轴线或垂直线形成的视角。当摄像机垂直变化时有平视、俯视、仰视三个拍摄角度。平视时,即摄影机与被摄对象处于同一水平线时拍摄的角度。仰视拍摄时,景物显得高大,暗示权威、力量和优势。俯视拍摄时,可以表现壮观浩大的场景,也可以用来造成压抑、低沉的气氛。

当摄像机水平变化时有正面、侧面、背面、斜面4个拍摄角度。正面角度拍摄时,角色和背景都在影像画面中心的同一个消失点上,画面传达的信息比较全面、正式。侧面角度拍摄的画面多表现角色的工作,会激发观众的参与感,并且更加灵活和自然。背景角度拍摄的画面主要是为了引起观众的思考、悬念的制造和意境的表达。斜面拍摄的画面又叫作荷兰镜头或是香港镜头,倾斜的摄像机镜头拍摄的画面水平线不再保持水平,赋予了画面更大的动作性和戏剧性。

5. 运动

摄像机的运动所拍摄出的画面可以体现时间的演变、空间的转换,也可以扩展视野,增强画面的动感和空间感,造成鲜明的视觉感受。

实拍影视镜头中除了有推、拉、摇、移镜头外,还有升降、跟、甩等镜头。二维动画由于拍摄方式的限制,表现模拟升降机是比较困难的,这就决定了二维动画中较少出现升降镜头。因为一个虚拟的二维角色在角度变化时透视角度很大,画起来不易掌握,特别是表现背景带有角度的旋转镜头时更为困难。

6. 景别

景别是指被摄主体在画面中呈现的范围,即景物的大小。不同镜头按照导演的构思风格排列组合,会产生一种画面视觉变化规律,一种视觉变化节奏,从而产生了最明确的影片视觉风格。主要有表现环境气势,给人以整体感的远景;表现成年人全身或场景全貌的画面,可以看到人物的形体动作及人物与环境的关系,能展示较完整的场景的全景;表现成年人膝盖以上或场景局部,可以看到人物半身的形体动作和人物之间的情绪交流的中景;表现成年人胸部以上或局部的画面,可以看到演员的面部表情和细微动作的近景;表现成年人肩部以上的头像或某些物体的细部画面的特写;表现人或事物很小细节的大特写。

动画片的景别类型并没有比故事片更丰富,但在大景别的运用上却有独特的优势。在故事片中往往需要耗费大量资金的空中航拍镜头,却和在动画片的制作工艺环节中制作一个中景或近景没有什么不同。《埃及王子》中摩西夜里跑回王宫的一个大全景的俯视镜头就让人感到了视觉的震撼。然而更值得注意的却是特写景别,动画片里的特写由于技术实现手段的便利性——更换背景、变换细节材质的随意性——较之故事片更具有重复蒙太奇固定元素的意义,局部特写在刻画人物、揭示心理、推动情节等方面比故事片更有力,作用也更突出。例如,《埃及王子》中具有浓厚象征意义的母亲的手指离开摩西的手指的特写,第一次出现是在宛如印象派绘画的运动的图画中,重复时却是梦境中的浮雕式的跳格。此外,特写更擅长表现动画片中舞蹈的因素。母亲流泪时头发、头巾、泪水、光线,一切的特写都像是在舞蹈;而重复姐姐流泪时正是重复同样的流动感和舞蹈感。至于三次重复的戒指的特写,则起着经典叙事原则中的叙事分节点、性格里程碑的作用。

7. 色彩

佛艾雷的实验表明,在色光的照射下,人的肌肉弹力可以发生变化,不同的色彩可以给人们的心理及情绪带来不同的反应。张艺谋曾经说过:"我认为在电影视觉元素中,色彩是最能唤起人情感波动的因素。"在张艺谋的影片中,对色彩情感的应用十分精彩,《英雄》中即将破城的赵国书馆中,一切都是红色的,暗示着战争的本质——血腥与暴力。色彩应用具有超越物化的功能,用心营造的色彩空间使观众在不知不觉中接受导演借色彩传递出的抽象概念和深厚用意。

色彩视觉心理的应用在影视动画创作中依然适用,包括冷暖对比、背景明度与角色色相、高调与低调、突出饱和度、色觉守恒、色彩的象征等。不同的色彩色调也形成了不同影片风格。

下面以《功夫熊猫》和《喜羊羊》为例进行对比分析。

1)情感的象征性应用

《功夫熊猫》多次使用红色色调表现喜庆、胜利、光明和力量。在影片开头的梦境中,熊猫在与各种邪恶势力战斗时,浓重的深红色渲染了胜利的气氛和主人公的侠胆义肠;乌龟大师玉殿山点龙斗士时,熊猫乘着红色的烟火从天而降,象征着希望与光明;乌龟仙逝时漫天飘舞的粉色桃花,象征着美好的记忆和浪漫的归属;太郎越狱时红色的火把和"箭雨",则象征着血腥和残忍的暴力的开端。片中另一个主色调是青色,《功夫熊猫》主要表现的是中国的道教思想,道教主张淡泊无为,所以道家的色彩主张"无色而五色成焉",《淮南子·原道训》载:"色者,自而五色成矣;道者,一立而万物生矣。"这里的五色指"青、黄、赤、白、黑",青色,给人肃穆、崇高和平静之感。例如,玉殿比武、乌龟修炼殿堂、浣熊教授武术"无畏武侠"的训练馆、熊猫喜获"龙之轴"的大殿,皆以青色为主色调,表现中国人崇静尚和的理想追求。

《喜羊羊》中的色调使用和《功夫熊猫》完全不同,在代表反方的黑牛国的宫殿,国王的服装全用的是红色,象征着"邪恶、凶残",给人以心理的压力。青色色调则在影片中代表着科技,白牛国的宫殿用大面积的白色和青蓝色搭配,象征着理智和永恒。《喜羊羊》影片的色彩应用中最有特色的是对各种紫色的应用,灰太狼家中的冷紫色和蜗牛体内的暖紫色应用十分自然。紫色调是神秘和浪漫的象征,灰太狼家中的冷紫色一方面象征"狼族"应有的冷血和残忍;另一方面又象征着灰太狼和红太郎爱情的浪漫。青青草原原本就是一个虚拟的不真实的世界,在这个世界里还要进入蜗牛的体内和各种细菌作战,就更是神秘的具有无限想象力的事情,这里的天空是暖紫色、粉色、橙色的组合,植物也是紫色的色调,画面呈现出一种梦幻般的神秘色彩。

2)纯度变化在"真实"与"梦想"中的应用

前面曾经说过,影视动画是一种具有高度假定性的影视作品,动画影片是由动物们演绎的另类人类世界,影片尽可能地要在假定性的语境下创造一种真实。《功夫熊猫》和《喜羊羊》讲述的都是具有一种传奇色彩的故事。《功夫熊猫》讲述一个小人物功夫梦的实现,和平谷的面馆是他生存的空间,远处的翡翠宫和无畏武侠都活在他的梦里,是他的理想和偶像。当奇迹发生,他走进了翡翠宫,从一个看不到自己脚趾的平凡人成为武功盖世的神龙大侠,这不得不说是每个人儿时的梦想,是个传奇。《喜羊羊》的故事一改在青青草原狼捉羊反被羊作弄的故事模式,狼和羊都进入蜗牛的体内,比起青青草原,需要用缩小喷雾进入的蜗牛体内还具有浓厚的科技幻想色彩。

现实的市井生活是平凡的、无奈的甚至是暗淡的,和平谷的村民们全都被拟人化,无论是熊猫、兔子还是鸭子,都穿的是中国百姓便装,手拿筷子吃面或包子,他们的衣服以单色为主,同色系或相近色系色彩镶边,纯度很低,对比不够强烈。而代表梦想的无畏武侠的衣服色彩纯度明显高于村民,身穿黄、绿色旗袍的美女蛇;头戴斗笠、雪白羽毛、仙风道骨的仙鹤;金色毛发的行者猴王,红黑两色的虎妞,每个角色都个性鲜明,色彩艳丽。和平谷的房屋是典型的白墙青砖民居院落;翡翠宫所处山林则把中国南方美景体现得淋漓尽致,色彩对比强烈的宫殿,纯度较高的山水,云雾缭绕,颇有意境。

《喜羊羊》中青青草原的色彩透明而纯净,蓝色的天空采用明度渐变,背景环境的色彩层次较为单一,边界清晰而明确,象征着明确而确定的真实世界。进入蜗牛体内背景天空的色彩层次明显增多,但是纯度降低,色彩边界变得模糊不定,没有明确的外形。

两部影片均以纯度为方法区分"现实"和"梦想"之间的差距。《功夫熊猫》用提高纯度,增强色相对比的方法象征"梦想"的美好。《喜羊羊》用降低纯度,增加色彩渲染的层次,降低对比的方法,表现梦幻的、不现实的科幻世界。

8. 构图

影视动画虽然表现的是三维空间的故事,但是表现介质仍旧是二维的电影胶片,每一个镜头影像的静态画面中物体在空间中所处的位置,基本上都借鉴了摄影和美术的构图法则,在被摄画面中寻找线条、色调、形体、光影、质感、透视、视点,并按视觉美感加以组合,同时处理好物体和角色的对称与平衡、空间的处理、前景与后景的处理、主体与其他角色关系的处理、水平线与垂直线的处理、画面空白的处理等问题。

9. 灯光

灯光在动画片中除了基本的照明作用外,还可以成为一种主观的、强加式的甚至某种意义上"随意"的造型元素：一个场景内甚至一个镜头内的光线条件都可以变化。这是由影视动画这种假定性语境下的强"戏剧性"特色决定的，所以光线造型更多地偏向于"表现"而弱于"写实"，对渲染场景气氛，表现角色情绪，刻画角色的性格等方面发挥着重要作用。例如，《狮子王》中当小辛巴和蓬蓬、丁满在丛林相遇歌唱时，主观的、舞台式灯光打在了它身上。这种不符合生活逻辑的、主观的、任意的灯光处理，如果用在故事片中，不仅会让观众感到虚假，而且在技术上实现起来也并非易事。然而由于动画技术实现手段的优势，这种灯光的突变则可以轻易达到，并且增加了故事的戏剧性。

按照光源的种类可分为自然光源（晴空的自然光、多云的自然光、反射的自然光、彩虹、闪电、爆炸等）与人为光源（篝火、灯笼、烛光、红外线准光柱、路灯、装饰灯等）。按照光线的性质与被摄对象的明暗关系分为硬光（"直射光"，晴空的阳光具有高度的方向性和直射被摄对象的特点）与软光（"漫射光"，多云的自然光没有明确的方向性）；按照被摄对象的受光角度分为顺光（正面光）、侧顺光（半侧面光）、侧光（正侧面光）、侧逆光（背侧面光，侧顺光的反打）、逆光（背面光，角色仅有轮廓亮面，是一种神秘、梦幻的戏剧性光线）、顶光（光线自顶垂直照下，表现角色颓废、彷徨等失常状态）与脚光（光线自脚下垂直上照，表现角色残暴、恐怖、诡异等状态）。

8.2.3 视听语言的听觉因素

早期的电影是无声的，为交代故事情节的发展，营造影片的气氛，更是为了掩盖电影播放时机器转动发出的噪声，在电影播放现场采用真人"配音"，交响乐队"配乐"的方式加以弥补。有声电影的诞生，将视觉与听觉结合了起来，多种感官的综合感知使电影更加符合人们的欣赏体验，从而获得更加丰富的审美感受。

声音担当了部分叙事功能，在塑造人物角色、推动情节发展中起到了很大的作用。电影的声音主要包括人声、音乐、音响三部分。早期的默声电影情节比较简单，没有对白观众也能看懂，随着电影情节的日益复杂，人声在塑造角色、推动叙事和情节的发展中发挥越来越大的作用。音乐出现在电影中，最初的目的只是将观众的注意力吸引到银幕中去，后来才用音乐去配合表现画面的内容，烘托渲染气氛。音响也称为"动效"，是除了人声和音乐之外的所有声音的统称，有效的音效可以增强银幕的真实感，突破画面的局限，扩展空间，增加影片传达的信息量。

8.3 镜头技巧与组接方式

镜头是构成影片的最小单位。从拍摄的思维角度来说，镜头是连续拍摄的一段视频画面，是电影的一种表达方式。

8.3.1 镜头技巧

在很大程度上，电影语言是指镜头的运用。在文学写作当中，常用倒叙、顺序、插叙等方法叙事，这些方法运用到电影当中，就成为蒙太奇。蒙太奇的运用实际上是指镜头的运用。

1. 推镜头

对推镜头的叙述有以下两种方式。

（1）被摄对象固定，将摄像机由远而近推向被摄对象。

（2）通过变焦距的方式，使画面的景别发生由大到小的连续变化。

使用推镜头可以模拟一个前进的角色观察事物的方式，在推镜头的过程中，被摄对象面积越来越大，逐渐占据整个画面。

推镜头的主要作用有以下几个方面。

（1）用来引导观众的视线，凸显全局中的局部、整体中的细节，以此强调重点形象或者突出某些重要的戏剧元素。

（2）模拟从远处走近的角色的主观视线或者注意中心的变化，给观众身临其境的感受。

（3）给观众的视觉感受是主题越来越近，主体的动作和情绪表达也越来越清晰，观众与表演者的距离缩短，更容易走近角色内心。

2. 拉镜头

拉镜头有以下两种叙述方式。

（1）被摄对象固定，将摄像机逐渐远离被摄对象。

（2）运用变焦距的方式，使画面的景别发生由小到大的连续变化。

使用拉镜头可以模拟一个远离的角色观察事物的方式，在拉镜头的过程中，被摄对象面积越来越小。

拉镜头的主要作用有以下几个方面。

（1）表现镜头主体与环境的关系。

（2）表现角色精神的崩溃。

（3）表现角色退出现场。

3. 摇镜头

摇镜头是指摄像机位置不变，摄像机镜头围绕被摄对象做各个方向、各种形式的摇动拍摄得到的运动镜头形式。

摇镜头主要用来表现环顾周围环境的空间展现方式。

摇镜头的作用有以下几个方面。

（1）展示广阔空间。

（2）模拟角色主观视线。

（3）变换镜头主体。

（4）辅助角色位移表现场面调度。

（5）表现主体运动。

4. 移镜头

移镜头是指在被摄对象固定、焦距不变的情况下，摄像机做某个方向的平移拍摄。移镜头主要用来代表角色的主观视线,也可以作为导演表达创作意图的工具。

移镜头主要包括横移、竖移、斜移、弧移、前移、后移和跟移。

移镜头的作用有以下几个方面。

(1)展现连续空间的丰富细节。

(2)使用前移和后移镜头来展现多层次空间。

(3)展现场景,引出叙事。

(4)辅助场景转换。

5.甩镜头

甩镜头也称扫镜头,是指一个对象飞速摇向另一个对象。

甩镜头的作用主要有以下几个方面。

(1)增强视觉变化的突然性和意外性。

(2)表达紧张和激烈的影片气氛。

(3)连续两个镜头,使两个镜头连接在一起而不露剪辑痕迹。

6.跟镜头

跟镜头是指摄像机镜头与被摄对象的运动方向一致且保持等距离运动。跟镜头能保持对象的运动过程的连续性与完整性。

跟镜头的作用主要有以下几个方面。

(1)展现角色运动的同时,表现角色的形态和神态。

(2)引出新场景。

7.旋转镜头

旋转镜头是指机位不动旋转拍摄或者摄像机围绕被摄物体旋转拍摄。

旋转镜头的作用主要有如下几个方面。

(1)表现角色眼中形象的变化。

(2)表达画面后的情绪或者思想。

(3)增强艺术的感染力。

8.晃动镜头

晃动镜头是指摄像机做前后、左右的摇摆。

晃动镜头的作用主要有如下几个方面。

(1)模拟乘车、乘船、地震等效果。

(2)表示头晕、精神恍惚等主观感受。

8.3.2　镜头的一般规律和方法

影视后期剪辑的主要任务是将镜头按照一定的排列次序组接起来,使镜头能够延续并使观众能够看出它们是融合的完整统一体。要达到这一点,在后期剪辑中一定要遵循镜头发展和变化的规律。

镜头的发展和变化规律主要有以下几点。

1. 符合人的思维方式和影视表现主题

要使观众看懂制作的影视作用并满足观众的心理要求,镜头的组接一定要符合生活逻辑和思维逻辑,而且影视节目的主题与中心思想要明确。

2. 景别的变化要"循序渐进"

在拍摄过程中要注意,有两种方式不宜用于后期组接。一是在拍摄一个场景的时候,景别的发展过分激烈;二是景别的变化不大,而且拍摄角度变化也不大。

作为一个摄影师,在拍摄的过程中一定要遵循景别的发展变化规律,循序渐进地变换镜头。

在影视后期剪辑中一定要注意,同一机位,同景别又是同一个主题的画面不能组接在一起。因为它们之间的景别变化小,角度变化也不大,一幅幅画面看起来雷同,接在一起就像同一个镜头在不断地重复。只要画面中的景物稍有变化,就会在人的视觉中产生跳动或者使人感觉一个长镜头被剪断了好多次,破坏了画面的连续性。

3. 拍摄方向和轴线规律

在影视后期剪辑中要遵循轴线规律,否则两个画面接在一起主体对象会出现"撞车"现象。

在拍摄过程中,一般情况下,摄像师不能越过轴线,到另一侧进行拍摄。如果为了特殊表现的需要,在越过轴线的时候,也要使用过渡镜头,这样才能不会使观众产生误会。

4. "动"接"动"、"静"接"静"

"动"接"动"是指画面中同一主题或者主体的动作是连贯的,可以动作接动作,得到连贯、简洁过渡的目的。

"静"接"静"是指两个画面中的主体运动是不连贯的,或者它们中间有停顿,那么这两个镜头的组接,必须在前一个画面主体做完一个完整动作停下来后,接入另一个从静止到开始的运动镜头。

为了特殊表现的需要,也可以"静"接"动"或"动"接"静"。这需要读者自己在实践中不断地摸索和总结。

5. 镜头组接的时间长度

在影视后期剪辑中,每个镜头的停滞时间长短不一定相同,要根据表达内容的难易程度、观众的接受情况和画面构图等因素来确定。例如,景别选择不同,包含在画面中的内容也不同。远景、中景等大景别的画面包含的内容比较多,观众需要看清楚这些画面中的内容,所需要的时间就相对要长。而对于近景、特写等小景别的画面,所包含的内容较少,观众只需要短时间就可以看清楚,所以画面停留的时间可以短一些。

即使在同一画面,亮度高的部分比亮度低的部分更能引起人们的注意。因此,如果该画面要表现亮的部分,停滞时间应该短些;如果要表现暗的部分,停滞时间就应该长一些。在同一画面中,动的部分比静的部分更能引起人们的注意,如果要重点表现动的部分,画面停滞时间则要短些；要重点表现静的部分，则画面停滞的时间应该稍微长一些。

6．影调色彩的统一

在影视后期剪辑中，无论是黑白还是彩色画面的组接，都应该保持画面色调的一致性。如果把明暗或者色彩对比强烈的两个镜头组接在一起，就会使人感到生硬和不连贯，进而影响画面内容的表达。

8.4　画面处理技巧

淡入又称渐显，指下一段戏的第一个镜头光度由零度逐渐增至正常的强度，如舞台的"幕启"。

淡出又称渐隐，指上一段戏的最后一个镜头由正常的光度逐渐变暗到零度，如舞台的"幕落"。

化又称"溶"，是指前一个画面刚刚消失，第二个画面又同时涌现，二者是在"溶"的状态下，完成画面内容的更替。其用途：①用于时间转换；②表现梦幻、想象、回忆；③表现景物变幻莫测，令人目不暇接；④自然承接转场，叙述顺畅、光滑。化的过程通常有3s左右。

叠又称"叠印"，是指前后画面各自并不消失，都有部分"留存"在银幕或荧屏上。它是通过分割画面，表现人物的联系、推动情节的发展等。

划又称"划入划出"。它不同于化、叠，而是以线条或用几何图形，如圆、菱、帘、三角、多角等形状或方式，改变画面内容的一种技巧。如用"圆"的方式又称"圈入圈出"；"帘"又称"帘入帘出"，即像卷帘子一样，使镜头内容发生变化。

入画指角色进入拍摄机器的取景画幅中，可以经由上、下、左、右等多个方向。

出画指角色原在镜头中，由上、下、左、右离开拍摄画面。

定格指将电影胶片的某一格、电视画面的某一帧，通过技术手段，增加若干格、帧相同的胶片或画面，以达到影像处于静止状态的目的。通常电影、电视画面的各段都是以定格开始，由静变动，最后以定格结束，由动变静。

倒正画面以银幕或荧屏的横向中心线为轴心，经过180°的翻转，使原来的画面，由倒转正，或由正转倒。

翻转画面是以银幕或荧屏的竖向中心线为轴线，使画面经过180°的翻转而消失，引出下一个镜头。一般表现新与旧、穷与富、喜与悲、今与昔的强烈对比。

起幅指摄影、摄像机开拍的第一个画面。

落幅指摄影、摄像机停机前的最后一个画面。

闪回是影视中表现人物内心活动的一种手法。即突然以很短暂的画面插入某一场景，用以表现人物此时此刻的心理活动和感情起伏，手法极其简洁明快。"闪回"的内容一般为过去出现的场景或已经发生的事情。如用于表现人物对未来或即将发生的事情的想象和预感，则称为"前闪"，它同"闪回"统称为"闪念"。

8.5 电影蒙太奇

蒙太奇是法文 Montage 的音译,原为建筑学术语,意为构成和装配。现在是影视电影创作的主要叙述手段和表现手段之一。由前苏联蒙太奇学派大师库里肖夫首先将其运用于电影艺术当中,并且沿用至今。一般包括画面剪辑和画面合成两方面。画面剪辑:由许多画面或图样并列或叠化而成的一个统一图画作品。画面合成:制作这种组合方式的艺术或过程。电影将一系列在不同地点、不同距离和角度、以不同方式拍摄的镜头排列组合起来,叙述情节,刻画人物。但当不同的镜头组接在一起时,往往又会产生各个镜头单独存在时所不具有的含义。凭借蒙太奇的作用,电影享有时空的极大自由,主要包括声画蒙太奇和声声蒙太奇等,甚至可以构成与实际生活中的实践空间并不一致的电影时间和电影空间。蒙太奇可以产生演员动作和摄像机动作以外的第三种动作,从而影响影片的节奏。

8.5.1 蒙太奇概述

电影的基本元素是镜头,而连接镜头的主要方式与手段就是蒙太奇。蒙太奇是电影艺术的独特的表现手段。一部影片成功与否的重要因素之一就是蒙太奇组接镜头和音效技巧的作用。作为影视独特语言的蒙太奇,有着丰富的内涵和完整的概念。世界各国的蒙太奇理论可以归纳为如下 9 种。

(1) 蒙太奇是镜头剪辑的方法。

(2) 蒙太奇是镜头组接的方法。

(3) 蒙太奇是镜头的冲突。

(4) 蒙太奇是处理现实的方法。

(5) 蒙太奇是模仿观察者注意力的方法。

(6) 蒙太奇是电影的特殊手法。

(7) 蒙太奇是动作的分解与组合。

(8) 蒙太奇是电影的场面与段落的结构方法。

(9) 蒙太奇是电影的时间造型的手法。

狭义蒙太奇是镜头编辑的艺术,即画面组接的章法、技巧。一部影片的内容可分为一系列的镜头内容进行拍摄,然后进入后期编辑。镜头的组接就必须符合生活的逻辑,才能使观众了解影片的内容;另一方面,电视画面是活动的,镜头的运用和不断的转换,又必须产生一定的节奏,当这种节奏和镜头的内容结合在一起时,就会有力地感染观众,引起强烈的共鸣。广义蒙太奇不单纯是编辑上的艺术,不只是镜头组接的章法,而是整个电视构成的形式方法的总称,常体现于分镜头脚本上,甚至应用于艺术构思之时。实际上,广义蒙太奇包括一切镜头的调度和声音构成的全部技巧。

蒙太奇的作用主要表现在以下几个方面。

(1) 表达寓意,创造意境。

（2）选择和取舍，概况与集中。

（3）引导观众注意力，激发联想。

（4）创造银幕上的时间概念。

（5）使影片画面形成不同的节奏。

8.5.2　蒙太奇分类

镜头组接蒙太奇在不考虑音频效果和其他因素时，单从其表现形式来分，可分为两大类：叙事蒙太奇和表现蒙太奇。

1. 叙事蒙太奇

叙事蒙太奇是按事物的发展规律、内在联系、时间顺序，把不同的镜头连接在一起，叙述一个情节，展示一系列事件的组接方法。叙事蒙太奇也称为连续蒙太奇，顾名思义，它的任务是保持叙述对象的时空连续性，即连在一起的几个镜头在时间上是连续进行的，在空间上是相互联系的整体。叙事蒙太奇能够清晰地表达事件的发展和运动的连贯，使观众产生流畅、明白的感觉。叙事蒙太奇主要分为连续蒙太奇、平行蒙太奇、交叉蒙太奇、颠倒蒙太奇、复现蒙太奇和错觉蒙太奇。

（1）连续蒙太奇是以时间的顺序维度，由始至终地组织镜头、场景或者段落。在实际运用中，它通常与平行蒙太奇、交叉蒙太奇结合使用。

（2）平行蒙太奇指在很多影片中，故事的发展要通过两条甚至更多条线索的并列表现和分头叙述展现完整的故事。

（3）交叉蒙太奇是平行蒙太奇的发展。交叉蒙太奇中同样是几条线索的共同叙事，与平行蒙太奇相比，几条线索除了有严格的同时性之外，更注重线索间的影响和关联，即其中一条线索的发展必定决定或影响其他线索的发展。

（4）颠倒蒙太奇对应的是文学中的插叙或者倒叙方式，它将故事发展的时间顺序打乱重组，将现在、过去、回忆、幻觉的时空有机地交织在一起，通常用于特定叙述需要。

（5）复现蒙太奇是指具有戏剧因素的某种形象或者镜头画面在剧情发展的关键时刻反复出现于影片之中，既构成影片的内在情节结构，又是情绪上的强调。

（6）错觉蒙太奇是指在影片叙事中先故意让观众猜测到情节的必然发展，然后突然揭示出与观众猜测恰好相反的结局。这样的目的是突出影片的戏剧效果。

2. 表现蒙太奇

表现蒙太奇（又称为对列蒙太奇）是以两个镜头的对列为基础，通过两个镜头不同画面的联系，产生明确的含义，造成观众对故事发展的直接、间接的认识，并产生进一步的联想。叙事蒙太奇可以在镜头、场景和段落间展现，而通常只是以镜头为单位进行组接表达某种含义，有时还可以通过一个镜头内的调度来表意。表现蒙太奇主要包括隐喻蒙太奇、对照蒙太奇、积累蒙太奇、抒情蒙太奇、心理蒙太奇、想象蒙太奇和声画蒙太奇。

（1）隐喻蒙太奇是指通过两个或者两个以上镜头的并列，产生一种类似于文学中象征或者比喻的效果，表达影片暗示的潜在的思想情感。

（2）对照蒙太奇也称对比蒙太奇，是通过镜头间的内容或者形式的强烈对比，表达创作者的某种寓意，或者强化影片内容、情绪。对照蒙太奇利用差异夸大矛盾，达到强烈的对比效果，令观众产生难忘的心理印象。

（3）积累蒙太奇类似于文学中的排比句，将一系列性质相同或相近的镜头组接在一起，以镜头的积累表现某种场景。

（4）抒情蒙太奇在影视制作中往往与叙事相结合，在影片叙事的框架内展现主人公的情绪或者感受。

（5）心理蒙太奇是指通过镜头呈现角色内心世界变化的一种电影表现手法。

（6）想象蒙太奇是指运用摄影表现手法的高度自由性和方便性，通过镜头画面的自由变化与切换表现影片主题，其构成这个影片的镜头无须有逻辑上、情节上的关联，而只需要符合本影片的主题，达到最终的表现目的即可。

（7）声画蒙太奇指的是声画结合共同达到叙事或表意功能的蒙太奇形态。在声画蒙太奇中，声音与画面一样也是构成影片内容的艺术因素之一。

8.5.3　蒙太奇组接

蒙太奇组接是叙事蒙太奇和对列蒙太奇在画面的具体应用，是按事物的发展规律、进展顺序，或者运用事物之间的相互呼应、对比、比喻、暗示，将镜头组接起来，以叙述某一件事，解答某一问题。蒙太奇组接分为以下 5 种技法。

1．平行式组接

平行式组接是指把同一时间、不同地点或不同时间、不同地点的若干镜头组合。

2．交叉式组接

交叉式组接就是按同一时间不同地点发生的、互有因果、呼应关系的镜头交叉组合在一起。交叉式是在平行式基础上发展起来的。

3．积累式组接

积累式组接就是把一系列性质相同或相近的镜头组合在一起。

4．对比式组接

对比式组接是把两个主体形象不同、内容对立或相反（如贫与富、生与死、苦与甜、胜利与失败等），或形式上具有强烈对比（如景别的大小、光线的明暗等）的镜头组合在一起。

5．比喻式组接

通过前后不同主体形象的画面组接，使观众产生感想，其作用是增强画面的冲击力。

小结

本章主要介绍动画编剧的电影思维。学习了解动画发展历史，了解动画视听语言的理论和方法，分析镜头技巧与组接方式、画面处理技巧，重点掌握镜头的一般规律和方法、蒙太奇技巧的作用及镜头组接蒙太奇。动画剧本的电影思维不仅指导对动画剧本的创作,而且也促进动画编剧的电影思维的形成。

实训练习

1. 分别找一部电影动画、电视动画和动画短片进行观摩和学习。
2. 找一部自己喜欢的动画短片,根据故事情节对动画剧本进行再设计。

附　　录

附录 A　动画剧本创作的过程与格式

A.1　动画剧本创作的过程

在编写剧本的过程中,往往要经历这样几个阶段:准备阶段,确立故事的创意,编写故事梗概,提炼剧本大纲和撰写剧本。

1. 准备阶段

每个初学者在写作之前,都有这样的经历,对着稿纸发呆,不知道要写什么,或者是明明脑袋里有一些感受,但是却怎么也抓不住它,不能将之记录下来,呈现在纸上。那么请开始这样的准备工作吧:研究-创造-决定-行动。

1) 研究

将对象全部吸收,进行研究,提出问题,找到联系,从无意义之中发现有意义的部分,或是有意义的发展可能。

前面章节中曾说过,要养成在生活里不断地收集素材的习惯,这时请翻出你的记录,看看是什么促使你当初记录下这段素材? 这段素材里最打动你的是什么? 这就是它的意义。

有时候单独的一段素材意义单薄,没有扩展和提升的空间,那么把它们放置在一起,会有什么新的东西出来呢?

例如,七夕情人节你收到了很多短信,其中有一条短信让你印象深刻:"爱情是什么? 看了神雕,发现年龄不是问题;看了《断背山》,发现性别不是问题;看了《金刚》,发现物种不是问题;看了《人鬼情未了》,发现就连死活都不是问题!"同时你也收到许多情人节促销的短信,提醒你要记得买礼物。那么我们把它们放在一起看看会有什么效果。

"爱情是什么? 看了《神雕》,发现年龄不是问题;看了《断背山》,发现性别不是问题;看了《金刚》,发现物种不是问题;看了《人鬼情未了》,发现就连死活都不是问题;

七夕之夜,没有礼物才是问题!"

是不是有了点儿意思? 两段素材的简单并置,产生了良好的效果,一段网络动画广告的创意产生了。

2) 创造

来一场头脑风暴,和素材嬉戏,从各种角度打量它,突破思维定势,用新的方式揣摩它。

所谓头脑风暴(Brain-storming)最早是精神病理学上的用语,指精神病患者的精神错乱状态而言的,现在转而为无限制的自由联想和讨论,其目的在于产生新观念或激发创新设想。

头脑风暴法又可分为直接头脑风暴法(通常简称为头脑风暴法)和质疑头脑风暴法(也

称反头脑风暴法)。前者是参与者尽可能激发创造性,产生尽可能多的设想的方法;后者则是对前者提出的设想、方案逐一质疑,分析其现实可行性的方法。

和人聊聊你的想法,在集体讨论的过程中,每提出一个新的想法,都能引发他人的联想,相继产生一连串的新想法,产生连锁反应,形成新想法堆,为创造故事发展的方向也提供了更多的可能性。

《九州缥缈录》的作者江南在《九州创作缘起》中曾说:"身为作者,总有一种宏愿,有生之年,要书绘一幅庞大的画卷。但凭一人之力,穷尽百年,又如何写得完心中无尽想象。于是,我们终于找到了一种方式:创造世界。最初只是一个小型的接龙计划,但随后越来越多作者的加入,最终把它变成一个大型奇幻世界,用来提供给更多的作者使用,人物在不同的作品中舞动,折射出他每一个棱角的光芒。使大家的作品能得以相互呼应,使这个世界能够不断地真实与丰富下去。"

这就是相同的素材在不同的人的笔下会产生不同的矛盾纠葛,故事也会向着多元化的方向发展。

3)决定

一旦决定了故事讲述的角度,就要排除任何不能服务于这种视角的可能,并一定要坚持下来。

《懒小羊》(童谣)

羊羊羊,跳花墙。

花墙高,跳石桥。

石桥大,跳篱笆。

篱笆低,跳水池。

水池小,啥好跳?

蹲在圈里啃干草。

初学者在头脑里酝酿故事的时候很像这只小羊,一会儿想跳墙,墙高就想跳桥,桥大就想跳篱笆,跳篱笆又觉得篱笆太低,如此循环往复的结果是,这个也没有写好,那个也没有想好,花费无数的时间也没有思考清楚到底要写什么,最后只好放弃。

要写好剧本,第一任务就是把在你脑海中闪过的那些语言和画面不按逻辑地记录下来,进一步思考它们各是什么意思,是否能够连接起来,那些连接起来的情节是不是会使故事向着另一个方向发展。第二任务是找到你的视点,你站在谁的角度去看待故事。对同一件事不同的人由于身份不同,可能会产生截然不同的看法,在电影中呈现的也一样,没有所谓正确或错误的方式,只是视点不同而已。

例如,爸爸抱回来一只小狗,他看到的是养宠物会培养孩子的爱心和责任心;妈妈看到的是宠物会掉毛、有传染病,担心对孩子的健康有影响;孩子则看到自己有了一个小伙伴,同时在好奇的驱使下想要了解狗狗。那么同样一只小狗到家里,不同的人看到的东西不同,小狗受到的待遇也就不同。

4)行动

将想法记录下来,把它变成事实。

如果你的故事还是零散的,请层层剥茧,不断地提问"如果……那么……",寻找到故事让你困惑的地方,并把这些你想不通的问题记录下来,有时候它正是你故事中的漏洞或是软肋。因为你要知道这些问题是无从避免的,绕来绕去,最终还是要面对它。

如果故事只是停留在你的脑海中,你会发现它就像是泥鳅,总是抓不住重点;或像在迷宫里摸索,每每迷失方向。一定要记得从你开始动笔的时候,你的创造就开始了,这时你的那些顾虑、想法才逐渐清晰起来,才能从中逐渐找到正确的途径。

2.故事创意阶段

该阶段首先要解决故事是关于谁的和关于什么的问题,把在脑海里闪过的那些镜头和感觉记录下来,看看它们在讲述什么,要说明什么。

例如,我们要写一个关于环保的两分钟短片。

那么,环保包括废气、废水、固体废弃物、资源和能源的节约、噪声污染等很多方面的展现,用较小的角度去表现相对较大的容量,达到以小见大,"窥一斑见全身"的效果。我们选择以无节制地制造垃圾为切入点,表现垃圾对环境的危害,引起人们对环境保护的关注。

那我们来看看脑海里的画面有哪些:

"没有垃圾的环境山清水秀"

"满山遍野的垃圾"

"垃圾堆发出刺鼻的气味"

"人一走近,四散飞起的苍蝇"

"遍地垃圾的废弃城市"

这些画面讲述了一个关于"一个山水秀美的世界逐渐被垃圾堆满侵占,没有了人生存的空间"的故事,它的主人公是谁?这时,我们会联想到同类题材的动画片,如《机器人瓦力》,该片故事背景为:由于人类无度破坏环境,2805年的地球已经成为漂浮在太空中的一个大垃圾球,人类不得不移居到太空船上,并且聘请 Buy N Large 公司用专业机器人清除地球上的垃圾,等待着有一天垃圾清理完,重新回到地球上。他的主人公选定的就是最后一个垃圾清理机器人。

我们的故事讲述的是:如果不节制垃圾的产生,终有一天垃圾会吞噬人类,人就会没有了生存的空间。在这里,人类就像是懵懂无知的孩童,不知道垃圾对世界的危害性,所以我们选择一个小男孩为故事的主人公。"吞噬世界的垃圾"在动画片中要形象化,因此可以具象化为"魔鬼",由于这个魔鬼是人类自己"制造、生产"的,那么另一个主人公就是"小男孩的影子"。

至此,我们找到了故事的两个主人公,代表人类的"小男孩"和代表破坏环境的"影子"。

悉德·菲尔德说:"记住一个电影剧本就像名词——指的是某一个人在某一个地方去干他(她)的事情。这个人就是主人公,而干他(她)的事情就是动作。当我们谈论电影剧本的主题时,我们实际谈的是剧本中的动作和人物。动作就是发生了什么事情,而人物就是遇到这件事情的人。每个电影剧本都把动作和人物加以戏剧化了。你必须清楚你的影片讲的是谁,以及他(她)遇到了什么事情。这是写作的基本观念。"

小男孩代表人类制造垃圾,影子和垃圾之间的关系如何建立?垃圾如何促使影子变成了恶魔?也就是发生了什么事情,使得影子变成了恶魔?这件事件必须要有戏剧性与合理性,在动画片中则可以表现为,影子吃了小男孩乱丢的垃圾。

常见主题的写作格式如下。

1)格式一

主要角色　在做　或做了或遇到　某事情

2)格式二

主要角色　在某地点　在做　或做了或遇到　某事情

3)格式三

某地点　主要角色　在做　或做了或遇到　某事情

我们短片的主题就可概括为：小男孩的影子吃了男孩乱扔的垃圾,变成了恶魔吞噬了一切。

3. 编写故事梗概

在创意的基础上,撰写角色传记,找到关键点建立联系即情节线,与情节主线有关的其他各种情节线索和人物关系,就逐渐清晰起来,故事的雏形显现。剧作者应该紧扣主要事件、动作和情节的发展线索去写,而不是用大量的抒情语言进行描绘。

1)角色传记简单地说就是角色的"前世今生"

用专题报道的方式给角色做个小传,找到他们背后的故事,让他们的形象活跃于你的眼前。最好的方法是不断问自己关于这些人物的问题,让自己逐渐看清角色。

你的人物是男性还是女性?如果是个男性,那在故事开始时,他有多大年纪?他住在什么地方?住在城市还是农村?然后,他出生在哪儿?他是个独生子还是有兄弟姐妹?他有一个什么样的童年生涯,是幸福的还是不幸的?他与父母之间的关系如何?他又是个什么样的儿童,是个开朗的、性格外向的孩子呢,还是个认真的、性格内向的孩子?如果你从出生来系统地阐述你的人物,你就会看到一个有血有肉的人物在眼前形成。接下去,要追溯他的学生生活,他受过什么教育?目前,他是结婚了还是单身、丧偶、分居或离婚呢?如果他已结了婚,那么他结婚有多久?和谁结的婚?是青梅竹马的恋人,还是萍水相逢的呢?是经过长时间恋爱的呢,还是没有恋爱过的?如果是单身,有没有女朋友……

随着问题的深入,角色从平面的逐渐丰满、立体起来,几乎可以在你的眼前翩翩起舞。这样分析、推敲角色,要明确你的人物的需求。

"内在需求"——"他到底想要什么?"

"外在动作"——"他最终在做什么?"

是什么驱使他走向故事结局的呢?故事始终要不断向前发展,直至它得到解决,他如何克服这些障碍就成了你的故事本身。

当然角色不只是你的主人公,还有次要角色,以及角色之间的关系和差异,他们之间的冲突、斗争、克服障碍,这就是一切戏剧的基本成分。剧作者的责任就是创造足够的冲突去使你的观众或读者发生兴趣,你就可以为你的人物规定需要,然后为实现这一需求设置种种障碍。

莎士比亚有句名言："即便一只麻雀的死,亦有特殊的天意。"

而宇宙的自然法则是:每一个作用力都有一个力量相等方向相反的反作用力。

2)根据剧本结构建立一个剧本框架,找到关键点

(1)剧本结构

① 弗兰泰格金字塔

19世纪德国新古典主义理论家弗兰泰格在《戏剧的技巧》中提出了戏剧的结构"弗兰泰格金字塔"。这个金字塔分为以下5部分。

Ⅰ 介绍:介绍背景资料。

Ⅱ 上升:将事件引向高潮的各种情节。矛盾与阻碍逐渐显现。

Ⅲ 高潮:戏剧张力最强处。从此情节将逐渐转弱。

Ⅳ 下降:高潮过后矛盾形式开始明朗,引向大灾难或者大成功。

Ⅴ 结局:谜底揭晓,剧情完成。

② 黑格尔"冲突律"

和谐——打破和谐——重新建立和谐

黑格尔:戏剧动作的本质是引起冲突,而真正的动作只能以完整的运动过程为基础(即冲突的产生、展开和解决)。"冲突"是对本来和谐的情况的一种破坏,这种破坏不能始终是破坏,而是要被否定掉的。

③ 悉德·菲尔德的三段式结构

悉德·菲尔德在《电影剧本写作基础》中表示三段式的结构如下。

第一幕:建置(情节点Ⅰ)

第二幕:对抗(情节点Ⅱ)

第三幕:结局

悉德·菲尔德提出,剧本写在A4大小的纸张上,在使用他所提供的标准写作格式时,基本上一页的内容就是1min电影的内容,那么120min的电影就有120页的电影剧本。第一幕和第三幕的时间各为30min,第二幕的时间为60min。

第一幕:通过描述人物和环境,完成了对故事的基本介绍。

第1页(开始):开始讲述故事,确定基调、情绪和发生的地点。

第3页:我们要知道这部电影讨论的中心问题是什么。

第10页:要介绍这个故事的内容是什么,而且要给出更多的信息,让我们知道主人公想要什么。

第30页(情节点Ⅰ):发生一个事件,使主人公想要的目标受到挑战。

第45页:人物对事件做出了反应,人物开始成长。

第60页:人物陷入困境,然后他再次坚定自己的信念。

第75页(情节点n):人物陷入绝境,甚至开始放弃信念,但是这时候发生的事情让他发现自己从来都不曾发现的目标。

第90页:坚定目标继续努力,直到目标达成。

开端引出问题,即吸引我们的注意力,通过制造紧张引起我们对故事未来发展的期待心理,使我们融入将要发生的故事当中。通过这种简单的引导,我们了解了故事发展的必要背景,认识了主要人物并卷入他们的纠葛中。我们被引入影片虚构的世界,以及它的样式、基调和氛围当中,我们也熟悉了影片的主要冲突和问题,正是它们引发了故事并让我们始终为其牵肠挂肚。

中部发展故事,即在上述基础上保持并加深我们的兴趣,我们会随着一系列错综复杂的故事、危机、冲突、副剧情以及类似的困难增强期待,同时对能否解决问题表示怀疑。

结尾解决问题,就是故事及其问题、冲突的解决,包括故事的高潮,有时也包括收场,收场就是对次要线索做一个了结,解除我们的紧张感,同时结束我们的审美体验,从而为整个故事画上一个完满的句号。这样看来,一部完整的影片,除了艺术技巧之外,更能够打动观众的是故事的框架。剧作家从基本的故事入手,通过中间的演化、渲染,将它们撰写成一个个美丽的故事。

(2)情节点和情节线

逐步推敲故事的情节发展线索,找到其中促使故事发展的关键点。

例如,两分钟环保题材短片:

主题:小男孩的影子吃了男孩乱扔的垃圾,变成了恶魔吞噬了一切。

人物:小男孩和他的影子。

问题:小男孩和影子的关系是什么?怎么表现冲突?

分析:小男孩和影子是两个独立的个体,那么怎么表现?首先怎么表现两者的独立性?或者说影子怎么样独立于小男孩而存在,并有自己的意识?

解决办法:(情节点)小男孩发现自己做什么动作,自己的影子都会跟着学习,于是尝试着教影子做各种动作,教会影子陪他打球、推秋千等。

困惑:影子是主动捡垃圾还是被动吃垃圾?

分析:主动捡垃圾,小男孩丢零食袋子,影子捡回来,是要说影子有环保意识,帮他善后?那么正义的善良的影子怎么变成恶魔?怎么由正面变成反面?什么事情激发影子改变?如果是主动捡垃圾,最后却变成了恶魔,这样的设计是不是会让人感觉"好人没有好报"?

解决办法:可以是被动捡垃圾,好奇捡回来尝尝……影子为什么要吃?那么就要有事件激发(情节点)——孩子说很好吃。

新困惑:好吃的零食,这样的概念是不是会误导小朋友?

解决办法:(情节点)妈妈教育孩子不能吃零食,孩子说零食很好吃,不愿意改变……

新困惑:还是没有解决孩子吃零食、影子为什么吃零食袋的问题。

解决办法:(情节点)妈妈教育孩子不能吃零食,会越吃越胖,孩子说零食很好吃,不愿意改变。影子觉得自己瘦,也想吃胖一些,那么没有零食可以吃,就吃小孩子扔下的零食袋……这样好像就比较顺了,我们就得到了下面这个故事。

构思梗概:小男孩和他的影子是一对好朋友,经常一起玩耍。小男孩做什么,他的影子也就模仿着做什么。小男孩喜欢每次都把吃完了的零食袋子往身后一丢,而影子当作零食吃掉,慢慢的影子逐渐变成了恶魔,吞噬了一切。

做过这些功课之后你的故事就有了它的样子,这时你要尽可能使故事简明清晰,抓住重点,言简意赅。

4. 提炼剧本大纲

在故事构思梗概的基础上写一个故事大纲,要简明扼要地表述故事冲突和主要人物之间的关联,反映出未来剧本的中心事件或故事内容的大致轮廓。明确故事的主人公是谁,确定故事的主要走向和总体构思,确定情节线和情节点,勾勒出故事发展的轮廓,构建剧本的骨架。

撰写故事剧本大纲时是按照未来剧本和影片的情节结构顺序来叙述,不是按照事件发生的时空顺序表述,是未来影片文学剧本的一个浓缩体。

例如,两分钟环保题材短片剧本大纲如下。

(1)小男孩赛儿发现影子模仿自己的动作。

(2)赛儿训练影子,与影子在一起玩耍。

(3)一起举哑铃时,影子力气小举不起来,被赛儿嘲笑。

(4)赛儿喜欢吃零食,每次把吃完了的零食袋子往身后一丢,影子帮他把垃圾扫到一起。

(5)妈妈教育赛儿,吃零食会变成大胖子。

(6)影子觉得自己比较瘦,力量小,想变胖一些,开始吃垃圾袋。

(7)影子迅速变胖、变大,头上长出象征恶魔的犄角。

(8)变成恶魔的影子胃口越来越大,开始吃路边的花草和建筑物。

(9)最后恶魔吞噬了赛儿。

5. 撰写剧本

1)"正式台本"用词要求

(1)不能出现以第三人称说话的词语。

[错误]喜羊羊赶紧给村长回了电话并告诉村长事态非常紧急需要马上援助。

[正确]喜羊羊神情紧张,拿起电话拨号,喜羊羊皱紧眉头,满头是汗。电话通了。村长:……

喜羊羊:(喊)村长!赶快到农场来!情况紧急!我没有时间解释啦!赶快!

(2)不能使用被动语气。

[错误]灰太狼被红太狼打了一下。

[正确]红太狼打了灰太狼一下。

(3)尽量少用形容词和副词,最好不用。

(微笑)而不是(欢乐的)或者(欢乐地)

(紧张)而不是(紧张的)或者(紧张地)

[错误]喜羊羊很快乐。

[正确]喜羊羊微笑。

（4）用可视的动作来描述，而不是拍摄不出来的词语。

［错误］局长不理睬这个事情，漫不经心地说："你说的事情我一点儿都不了解，怎么查啊？"星猫很不高兴。

［正确］局长正在修剪指甲。

局长：（伸直手看看修剪过的指甲）你说的事情我一点儿都不了解，怎么查啊？

星猫面无表情地看着局长，皱眉头。

［错误］随后，他们抵达了现场。

［正确］20min 钟后，他们抵达了现场。

其中的"20min 后"也必须换成一种可以用镜头表达的语言。如果时间概念不是必需的，那么就可以删除，如果是必需的，可以通过特写角色的腕表上的时间来进行表达。

（5）减少废话

台词不能太长。台词能讲明白就简单明了，不要乱解释一通，浪费时间，根据性格可以考虑加台词，如木须龙这种喜欢说废话的性格。

2）"正式台本"叙事要求

（1）不要只是用台词来解说和推进故事，不要只是台词对来对去，需要描写动作。

［错误］

子怡：这件事情最先是由制片人挑起来的，但后来却不了了之。

阿宾：嘿嘿，大，大明星给我签个名吧！

子怡：星猫先生……

［正确］

子怡：这件事情最先是由制片人挑起来的，但后来却不了了之……

星猫皱着眉头仔细地听着，阿宾手拿笔和纸从子怡的身后伸到子怡的面前。子怡诧异地抬头看阿宾。

阿宾：（微笑）嘿嘿，大，大明星给我签个名吧！

子怡叹了一口气，拿过笔和纸，唰唰写完，看都没看就递回给阿宾，阿宾笑嘻嘻接过。

子怡：（收回手）星猫先生……

（2）剧情是被事件（冲突）推动着向前发展，一个场景里一定要有事件发生，不能是单独的情景或者情绪描述（介绍、解说性质）。

例如，一个场景里一定要有事件发生，而不只是空的场景浏览或者解说性质的描述。高要求是至少要有两个人物对抗性的对话——冲突。

［错误］

日　外　街道　20s

清晨，星达丘事务所沐浴着晨光，阿宾拿着报纸走在楼下的街道上，抬头看了看事务所的窗户，走进了大门。

［正确］

日　外　街道　20s

清晨，星达丘事务所楼下街道，阿宾拿着报纸跑到大门口，抬头看了看事务所的窗户。

阿宾：（对事务所的窗户大喊）星——猫——！星猫——！星——

星猫的邻居，一个穿花睡衣的大妈推开窗户伸出头来。

穿花睡衣的大妈：大清早叫什么呀？有没有教养啊！

阿宾低头赶紧窜进大门。

例如（加入冲突、动作、事件，推动剧情发展，而不是无趣地只是为了说明一个含义或一个思想）：

［错误］

大明星告诉星猫事情的经过，这件事情最先是由制片人挑起来的，但后来却不了了之……明星很生气，星猫听完后沉思了一会儿，拿起假手枪说道："情况我已经大概了解了，之后的事情我会去调查，至于你，现在要立刻找个安全的地方躲起来。"大明星放松了下来，点了点头，没有说话走了。

［正确］

子怡：这件事情最先是由制片人挑起来的，但后来却不了了之……

星猫皱着眉头仔细地听着，阿宾手拿笔和纸从子怡的身后伸到子怡的面前。子怡诧异地抬头看阿宾。

阿宾：（微笑）嘿嘿，大，大明星给我签个名吧！

子怡叹了一口气，拿过笔和纸，唰唰写完，看都没看就递回给阿宾，阿宾笑嘻嘻接过。

子怡：（收回手）星猫先生……

阿宾又递过一张白纸，子怡回瞪他，阿宾呵呵笑，挠挠头，在纸上点了点。

子怡：（拍桌子大喊）够了！我现在很烦！不要添乱子！行不行！

阿宾被吓得跑到了柱子后面，子怡则气喘吁吁的。星猫站起身来，边走过桌子边拿起假的手枪。

星猫：情况我已经大概了解了，之后的事情我会去调查，至于你，现在要立刻找个安全的地方躲起来。

子怡放松了下来，点了点头。

3）兼顾投资成本

出于投资成本考虑，出场人物和场景要求尽量少，节约使用大场面和群众场面，能在一个场景里发生的事件就整合到一个场景里，不要分切成几个场景来描述。

4）剧本书写规范

第一行，是场次标题，放在每一场戏的最前面，由"时间""内、外景""地点"三部分组成。

"时间"决定了光线，一般有白天、晚上、黎明、傍晚等。

"内、外景"是指这个场景的地点。

"地点"是对场景环境的具体说明和描述，为导演和场景设计人员的工作提出要求。

第二行，用镜头语言如"运动摄影"建议摄影机的变化，用括号括起来。

逐个镜头地对人物进行描述，每个镜头另起一行，画外音用括号括起来。

最后，如果你要标明一个场面的结束可以写"切至：""化至："（"化"是把两个画面相叠，一个浅出的同时另一个淡入）或"淡出"。

A.2　动画剧本的格式

1. 文学剧本

文学剧本用文字表述和描绘影片的内容,剧本不但是可供拍摄的(习惯上称为"可拍性"),而且也很注意文字语言的修辞和文采。它既为导演拍摄提供了基础,又能成为一种普通读者阅读的文字读物。

例如,动画《小鹿斑比》的文学剧本如下。

[奥地利]费利克斯·萨尔腾著

在森林中央一个十分隐蔽的地方,有一座小屋子。小鹿斑比在这座小屋子里诞生了。这屋子非常狭小,刚够得上斑比和妈妈居住。小斑比站在那儿,四条腿摇摇晃晃地直打战;两只什么也看不见的模糊的眼睛呆滞地对着前方;脑袋耷拉着,同样颤抖得十分厉害:他还完全处于昏迷状态中呢。

"哟,一个多么漂亮的孩子呀!"一只喜鹊叫道。

她刚飞落到附近的一棵树上,而且是被那个母亲的呻吟声吸引过来的。"多么漂亮的孩子呀!"她又叫了一声。可是,没人搭理她。接着她又叽叽喳喳地叫道:"一生下来就会站,就会走,多么奇怪呀! 多么有趣呀! 这种场面我有生以来还从没有看见过呢! 不错,我还年轻,才出世一年嘛! 不过,我觉得这太不可思议了!"

"这么一个小孩刚一生下来就能站起来走路,我觉得这很了不起。我真的认为,你们鹿家族什么事情都是非常了不起的。对了,你们还能跑……"

"当然,"那个母亲轻声回答道,"不过,这会儿得请您原谅,因为眼下我连说话的空儿都没有,我现在忙得很;再说,我觉得我身体还很虚弱。"

"我不会打搅您的,"喜鹊说,"我也没有什么时间。不过,这种事情是不常有的。拿我们喜鹊来说吧,小孩刚一出壳时,他们是不会动的;他们无可奈何地躺在鹊巢里,必须由别人来照料他们,给他们喂食,守护着他们:这有多么难哟! 他们自己是无能为力的。等到他们自己能动,等到他们长出翅膀来,往往需要很长时间。"

"对不起,"那个母亲说,"我刚才没在听。"

喜鹊从那儿飞走了。"傻瓜,"她心里想,"一个可爱的傻瓜!"

那个母亲没注意到喜鹊已飞走。她在认真地为新生儿梳洗。她用自己的舌头舔孩子的身体,这一举止充满了温暖的抚爱,也充满了舐犊之情。

那小家伙有点儿跌跌撞撞;他那红色的皮肤皱巴巴的,上面还有许多小白点;他那嫩嫩的脸看上去仍是一副睡眼惺忪的样子。

四周生长着榛树、橡树、高高的槭树以及山毛榉。地上到处是已经凋谢的紫罗兰的叶子;草莓正盛开着鲜艳的花朵。太阳光透过茂密的树叶洒在大地上。整个森林回荡着各色各样的鸟儿的鸣叫声:野鸽的咕咕声,乌鸫的啾啾声以及老鹰尖厉的啼叫声,响彻整个森林上空。

小鹿对这些鸟儿唱的歌儿一窍不通,对他们的话儿也毫无反应;他只知道紧紧地偎依在母亲的肚子间,饥渴地到处寻找着生命之源。

在他喝奶的时候,母亲一边抚摩他,一边喃喃地说:"斑比,斑比。"

母亲在给斑比喂奶的时候,还不时地抬起头,呼吸空气;然后还会吻她的孩子,使他安静下来,使他感到幸福。

"斑比,"她一遍又一遍地嘀咕着,"我的小斑比。"

2．脚本

脚本,也叫分场景剧本。我们一般说到的剧本指的就是脚本,脚本是一个故事从文学剧本到分镜头剧本的过渡,是采用文字手段把内容场次化、镜头化的过程。

3．分镜头剧本

分镜头剧本,也称导演剧本或导演台本,是导演案头工作的集中表现,是将文学剧本内容分切成一系列可以摄制的镜头的一种剧本。

导演对文学剧本进行分析、研究以后,将未来动画片中准备塑造的声画结合的形象,通过分镜头的方式诉诸文字,就称为分镜头剧本。内容包括镜头号、景别、摄法、画面内容、台词、音乐、音响效果、镜头长度等项目。分镜头剧本是导演对影片全面设计和构思的蓝图,是制作人员统一创作思想,开展工作的主要依据,它有利于保证工作的计划性。

附录 B 《大闹天宫》剧本欣赏

一、花果山群猴练武

风和日丽。花果山上奇峰怪石,苍松翠柏,琪花瑶草,好一座名副其实的花果之山。

峰峦深处,一股银色瀑布从空中挂下,正好罩住洞口,恰如天然帘帷,屏障洞前,这就是"美猴王"的洞府水帘洞。

众猴正在林间和岩上采摘果实,追逐嬉戏,忽听远处传呼道:"大王来啦! 大王来啦!"

只见一群小猴走出洞口,有的掌旗,有的击钹,分列两旁。一阵灿灿金光迸发出来,"美猴王"一跃出洞。他全身披挂,王冠上两根雉尾更显得威武俊俏。他高声叫道:"孩儿们! 看今日天气晴朗,正好操阵练武,赶快操练起来!"

一时间,水帘洞前摆开教场,群猴舞枪弄棒,耍刀劈斧。猴王看得兴起,就脱下衣帽,拿过大环刀来要耍个样儿给孩儿们看看。

只见猴王舞刀,窜、跳、剪、翻,刚展开几个架势,众猴已看得眼花缭乱,鼓掌叫好。正在开心之处,不料猴王一用力"咔嚓"一声,大环刀折成两段,猴王好不扫兴,掷下刀柄烦恼地道,"哎! 俺老孙连一件趁手的兵器也没有,真是扫兴得很哪!"

这时,猴群中一只老猴上前禀道:"启禀大王! 不知大王水里可去得?"

猴王道:"俺老孙上天入地,水火不侵。哪里不能去得?"

老猴道:"这就好了! 这水帘洞前的河流直通东洋大海,大王何不去龙宫借件合手的兵器使用?"

猴王转忧为喜,道:"有这等好事! 孩儿们! 你们稍等片刻,俺去去就来!"随即跳进波涛之中。

二、美猴王龙宫借宝

美猴王跳进碧波之中,向前游去,只见重楼叠阁,都是珊瑚、水晶装饰而成。突然,礁岩之后闪出二将,手执兵器拦住去路,大喝道:"哪方的妖精! 来此何事?"

猴王道:"哟! 原来是乌龟、虾米二位,俺是你的老邻居,要见见老龙王,快去禀报于他!"

"唰"的一声,龟、虾二将用刀枪挡着去路,正待要讲什么,被猴王一手把虾将连枪推到一旁。龟将正待动手,被猴王一手打落兵器,跃身骑上龟背,举拳道:"快驮俺去见龙王,不然,一拳打破你的龟壳!"龟将点头从命,驮了猴王向龙宫游去。

那虾将掉转身来,在后面追赶猴王,举枪刺去,猴王举手一拨,那只枪直向龙宫飞去。

把门的虾蟹,见猴王来势厉害,急忙掉头回龙宫禀报,一路上吆喝着跑进宫来:"大王,大王! 外面有一猴仙,闯进宫来!"

那龙王正在水晶宫中嬉戏,随口应了一声:"给我轰了出去!"

话音未落,猴王已来到龙王面前,自行坐下道:"老邻居! 俺老孙手中缺少件合用的兵器,来此向你借件使用!"

龙王斜眼看了看这瘦小的猴王,轻蔑地道:"哦! 我当何事! 虾将军,拿根纯钢枪来给他使用!"

猴王接枪,用手轻轻一弯,枪杆变成个钢圈,便笑道:"这叫什么兵器?! 不好用!"

龙王道:"不好用? 好用的有! 小将们! 把那把三千六百斤重的大环刀抬过来,给他使用!"

虾兵蟹将抬过大环刀来,猴王接刀在手玩了个架势,轻轻一掷,丢在一旁道:"这个太轻,换重的来!"

老龙王瞟了猴王一眼道,"轻? 要重的,有!"随即吩咐左右,"快把那条七千二百斤的方天画戟抬上来给他试试!"

八名龟兵抬着方天画戟一步一停吃力地走来,猴王用手抓过,闪得八个龟兵四脚朝天滚在一旁。只见猴王旋风般舞弄起画戟。老龙王这时吓得晕头转向,目瞪口呆。猴王耍了一阵,顺手把画戟向上抛去,画戟从空落下,戟尖插入地内,震得众水族纷纷闪退。猴王挥手叫道:"太轻! 还轻,再拿重的来!"

老龙王惊慌失措地跑下宝座道:"大仙真是力大无穷,法术无边! 我这里……没有再重的兵器啦!"

猴王笑道:"偌大个东海龙宫,难道连一件合用的兵器也找不到?"

龙王正在为难,旁边的龟丞相急忙上前轻声献策。

龙王听后,立刻现出得意之色,对猴王笑道:"有了! 有了! 大仙请来与我一同去看!"

龙王引导猴王走下数层台级,来到阴沉昏暗的海底,龙王指着远处的一根粗桩道:"你看! 这是当年禹王治水留下的一根定海神针。大仙! 你如拿得动它,就送给大仙使用吧!"一面得意地暗笑起来。

美猴王纵身跳入海底,绕着这定海神针抚摩一遭,只见神针上附着的千年积锈,顷刻间自行脱落，露出本来面目——一根闪射奇光异彩的擎天钢柱。猴王上前抱住钢柱，不禁自语道："再细一点儿才好！……"话刚说完，那神针立刻细了一圈。猴王看了大喜道："好宝贝，再细一点儿更好！"那神针立刻又细了一圈。猴王喜不自胜地蹲下身来，抓住这刚刚变细的钢棒，用力一拔，从海底拔了出来。顿时，龙宫摇晃震荡，虾兵蟹将惊惧逃避。龙王立足不稳，双手抱住石柱，瘫倒下来。

猴王拿着钢棒仔细观看，只见这钢棒两端镶有金箍，中间刻有一行金字："如意金箍棒，重三万六千斤"。猴王大喜，对棒叫道："好宝贝！小，小，小！"金箍棒应声迅速缩小。

直到只有绣花针粗细，猴王又叫："长，长，长！"这金箍棒就迅速长大到有碗口粗细，喜得猴王提棒舞动起来，但见一片金光缭绕，万紫千条，闪耀得整个水晶宫动荡不定……

猴王收起金箍棒，向着惊魂落魄的龙王拱手道："老邻居，俺老孙多谢了！这真是件好宝贝！好兵器！"

这时，龙王突然反悔道："这是我镇海之宝，你不能拿去！"

猴王大笑道："哈哈！怎么？你不是说过，如果我拿得动它，就送给我使用吗？你说话不算数了吗？"随手将金箍棒缩小，藏入耳中，拱手而去。

那龙王指着猴王的背影，气急败坏地大叫："你抢走我的定海神针，我要到玉帝那里去告你一状！……"

三、老龙王启奏天庭

金镶玉砌、宝光闪烁的凌霄宝殿，玉帝高踞宝座，各路天神分文武两厢侍立。龙王跪在丹墀，声嘶力竭地奏道："启禀万岁！今有花果山上妖猴，大闹龙宫，抢走我定海神针，请万岁为小臣做主！"

玉帝听了诧异道，"妖猴什么来历？胆敢如此放肆？"

太白金星上前启奏道："禀万岁！那妖猴是五百年前猴精，能降龙伏虎，变化万千。万岁不需动用武力，待老臣下界宣他上天，约束起来。如不服管，也易就地擒拿！"

玉帝点头微笑，命太白金星下花果山收服猴王去了。

四、金星一下花果山

在千丈飞瀑的水帘洞外，群猴集聚在练兵场上，新奇地观看猴王从龙宫借来的宝贝兵器。只见猴王把金箍棒竖起，转眼间，神棒直撑天空，众猴环走雀跃地欢呼起来，叫道："好兵器！好宝贝！"几个小猴子试图顺棒上爬，猴王以手托送，让他们新鲜好奇地爬到棒顶玩耍。

小猴在棒顶跳耍，翻着跟头，忽然向下大叫道："大王！大王！天上下来个老头儿！"

太白金星奉旨来到花果山，刚刚按下云头落到花果山草坪上，哪想到猴王的戒备森严，立刻就被埋伏在山涧、树后站岗的猴子上前揪住了。那太白金星正待分辨时，一小猴飞跑来传令道："大王有令：请老头儿过去见他！"太白金星见到猴王，施礼道："我是天上太白金星，奉玉帝意旨，来请你上天的。"

猴王问道："上天？上天干什么？"

太白金星道："上天，去做官哪！"

猴王笑道："做官？做官有什么意思？"

太白金星愣住了，见以官位诱他不动，又另生一计，笑着凑近猴王道："啊！大王！天上，乃是神仙境界，星星铺成银河，彩虹架作飞桥，这样好的去处，大王，你……不去看看吗？"

这一番话说得猴王好奇心动，他眨动着眼睛想了一阵，禁不住叫道："好，好，好！俺老孙就跟你到天上玩玩！"遂向众猴吩咐道，"你们好好在家操练，如果那里真的好玩，我回来带你们齐去！"随即，一个跟头飞上九天去了。

太白金星转眼不见猴王，众猴指着天空嘻嘻发笑道："你看！大王早已飞出十万八千里啦！"太白金星慌忙驾云直追，一面叫喊着："等一……等！等……一……等！"老头儿赶得汗流浃背，腰酸背痛。

猴王来得神速，霎时到了南天门，只见：擎天玉柱，金碧生辉，云雾腾腾，殿阁层层。守门力士上前拦住猴王道："哪里来的？"

猴王道："俺是玉帝请来的！闪开闪开，让俺老孙进去！"

众力士"喳"的一声，用兵器挡住去路，大声喝道："不要莽撞！可有诏书？"

猴王一愣，看了看黄巾力士自言道："啊！这老头儿对俺说是玉帝请俺上天，为何又这样动刀动枪的？……"挺身上前道，"你们早早给我闪开，不要惹俺老孙生气，不然……"只见他从耳中取出金箍棒，晃了晃，顿时变得碗口粗细，上前就要动武。正在这时，那太白金星气喘吁吁赶到，喊道："不要动武！不要动武！"

猴王见太白金星到来，怒目问道："你这老头儿怎么骗俺老孙？玉帝请俺上天，他们怎不放俺进去？……"

太白金星忙上前赔笑道："你是第一次来，他们不认得。"忙向天丁力士道，"赶快闪开，这是下界仙人，我奉玉帝之命，特去请他来的！"

太白金星领了猴王进入南天门，只见玉石长桥，曲阶回廊，一座座宝殿，金碧生辉，御花园奇花异草，灵禽珍兽，看不尽的稀奇罕见之物。不觉来到凌霄殿前，但见瑞气千条，彩云祥雾，笼罩着宏伟壮丽的凌霄宝殿。太白金星向猴王道："大王在此稍等，待咱进殿通报！"随即转身驾云上阶进殿去了。

猴王看着这番新奇景象，哪里愿在此呆等。他跃上台阶，自行进殿。但见殿内一个个天神元帅、文武公卿，排列两旁，如泥塑木雕般纹丝不动。猴王见此感到甚为新奇有趣，不禁动手去触触这个衣甲，碰碰那个兵器。众天神在玉帝面前，哪敢出声稍动！猴王越发有了兴趣，蹲到一值殿灵官肩上，夺弄他手中金铜。那灵官拼力拉住不放，累得龇牙咧嘴，满面通红。猴王又一跃，跳到文官行列中，去掀动袍带、抓弄文官朝笏，引起文官一阵骚动。这时猴王看到一红脸大将，手执长矛，朝他怒视，便蹲上这大将背上，左右抓起痒来。

再说太白金星进得殿来，朝玉帝禀报："启禀万岁！孙悟空现已宣到。"

玉帝下令："宣上殿来！"

太白金星即传旨："宣孙悟空进殿！"

叫了数声,不见猴王进殿,太白金星急去寻找,一面自语:"啊!他到哪里去了?"

只听得一阵忍不住的哈哈笑声,打破凌霄殿上沉寂肃穆的气氛。

"妖猴在此!"

原来猴王正在抓红脸大将的痒处,红脸大将早已奇痒难忍,这时不禁放声大笑,脱口叫道:"妖猴在此!"

猴王指着他大笑起来:"你你你……不是个哑巴呀!"

太白金星闻声,立刻赶来拉了猴王道:"哎呀呀!你在此处,快快去拜见玉帝!"

猴王见玉帝高坐,两旁金童玉女撑伞执扇护卫,便转身背手站立不动。

托塔李天王怒目而视,喝道:"赶快跪下!"金星看此情景,忙向玉帝禀告道:"启禀万岁,那孙悟空乃下界猴仙,不懂天庭礼节,望万岁恕罪!"玉帝沉吟道:"免去朝拜!"随又传令道:"武曲星何在?"

武曲星应声出班拜跪道:"臣在!"

玉帝吩咐道:"查看一下,哪里有官职缺额?"

武曲星翻阅册录,太白金星悄悄来到武曲星身旁附耳言道:"给他找个小小的官儿……"

只听武曲星大声奏道:"启禀万岁!御马监缺少个正堂管事官儿!"

玉帝道:"封孙悟空为弼马温,领他上任去吧!"太白金星敦促猴王道:"赶快向上谢恩!"

那猴王略略欠身,向上拱了拱手,转身就要离殿。太白金星赶紧领猴王来到侧殿,早有仙官力士捧了官服衣帽侍候。猴王穿上红袍,戴上纱帽,太白金星上前拱手称贺:"恭喜大王!贺喜大王!"猴王扯了扯衣襟,甩甩袖子,好不新奇有趣。他把衣袍穿得前长后短,把帽子戴得前后颠倒,自己也好笑起来。太白金星忙上前劝止道:"嗳!大王,这是官服,这可不好取闹。"不料猴王顺势拔下帽翅,插到太白金星头上,弄得太白金星忙作一团,边躲边劝阻道:"大王,大王,休开玩笑!休开玩笑啊!"赶快扶猴王上了云车,往御马监上任去了。

这边,凌霄殿上玉帝即刻传旨:"马天君听令!"玉帝向着跪在丹墀的马天君道:"那弼马温正是你的属下,你要早晚提防,严加管束,免得生事闯祸!"

马天君拱手伏身应道:"是,是,是,遵旨!"转身下殿去了。

五、美猴王初反天庭

猴王坐云车来到御马监门口,众仙官力士早在此伏身迎候。猴王忙上前扶起众人,跃入监内。监内一匹匹天马拴在柱上无精打采。猴王一挥手,解除了绳索,起兴跃上一匹黄骠天马,带领群马驰骋天空。

猴王分外爱护天马,降雨为天马沐浴,拉云为天马作被。天马欢蹦乱跳,如生龙活虎。

这一日,御马监仙官力士正置酒庆贺猴王功绩。一力士跑来报道:"马天君驾到,弼马温快去迎接!"猴王一愣道:"什么马天君牛天君,要谁迎接?"众仙官见猴王不去,各自前去恭迎。

只见马天君带领大群护卫大模大样地走来。众仙官跪伏迎接。马天君见天马自由奔驰,勃然大怒,责问:"何人大胆私放天马?"遂令卫士抽打天马,一面怒气冲冲地直奔过去。那猴王正在天台上逗引天马玩耍,还不曾晓得。

马天君站定之后问道:"哪个是新来的弼马温?"猴王闻声回头笑道:"哈哈,你是个什么东西? 俺老孙便是弼马温!"

马天君大怒道:"来了上司为何不去迎接?"猴王上下打量着马天君道:"你是谁的上司?"马天君大笑道:"我就是专管天马,也是专管你这猴头的上司!"

猴王大怒:"休要胡说! 我是玉帝亲封的弼马温!"

马天君狂笑起来道:"我是玉帝的钦差,是来专管你这猴头的! 弼马温不过是我脚下的一个拉马洗槽的马夫头儿!"说罢,又一阵狂笑。

猴王心头火起,厉声骂道:"住口! 原来玉帝老儿对俺老孙耍这套把戏!"

马天君怒骂道:"大胆弼马温! 你眼里还有玉帝吗?"吩咐两旁道,"把他给我绑起来!"

力士们还未走近猴王,猴王大叫:"谁敢绑我?!"向左右一推,力士们都踉跄跌倒。

马天君准备抽刀上去刺猴王,猴王气极,脱下衣帽来向马天君打去,衣帽把马天君罩倒在地,惊得天马嘶叫,乱蹦乱跳。猴王从耳中取出金箍棒来,指着马天君骂道:"回去告诉你那玉帝老儿,他捉弄俺老孙,今天要叫他知道俺老孙可不是好惹的!"随手一棒打去,将御马监的玉石台阶、水晶雕栏打个崩裂破碎……一个跟头,飞回花果山去了。

六、凌霄殿争辩对策

玉帝端坐在凌霄殿宝座之上,只见一黄巾力士飞来禀报:"启禀万岁,那弼马温打伤了马天君,捣毁了御马监,飞出了南天门,逃回花果山去了!"

玉帝诧异道:"啊! 妖猴竟如此大胆,冒犯天威,定要捉拿问罪!"

这时,太白金星从班中走出,忙上前奏道:"万岁息怒,这都是马天君做事鲁莽,坏了计谋,待老臣再去招安于他,哄他上天,严加管束起来。"

只见李天王怒不可遏大声奏道:"且慢! 金星老儿老是一套招安、招安,天庭威严被他丢尽。难道还让那妖猴爬到我们头上来吗?"

太白金星看看李天王,满不在乎地反问:"请问天王高见?"

李天王粗声大气地道:"定要斩草除根,立即擒拿!"

太白金星轻蔑地道:"你不要轻易用兵,劳师动众啊!"

天王怒道:"妖猴竟敢反出天庭,如不严惩,今后定会有人学他,天庭岂不大乱?"

玉帝左右回顾,不能决断。

正在这时,忽听值殿灵官喊道:"启禀万岁! 那弼马温在花果山上竖起'齐天大圣'旗号,要与万岁平起平坐!"

玉帝惊怒道:"啊! 胆敢自称'齐天大圣'?"随后转向李天王道,"李天王的主张甚合吾意,命你带领天兵天将,捉拿妖猴,不得有误!"

七、斗猴王天神出丑

一面大书"齐天大圣"的杏黄大旗,在花果山顶高高升起,迎风飘扬。猴王高居中央,正在检阅猴兵猴将操练阵法。

只见猴王打一手势,顷刻间猴兵猴将隐蔽得一个不见。

这时,天空乌云滚滚,直向花果山压顶而来。

乌云正中,李天王坐在元帅宝帐下,左有巨灵神,右有哪吒三太子,两旁卫护侍立,李天王令旗一展,传令道:"巨灵神听令!命你去攻打头阵!"

巨灵神手提双锤"哇哇"怪叫着从天而降。

这时众猴早已隐蔽,等巨灵神降到平地,不见一个猴影。他就一路上毁山劈树直向水帘洞进发。

猴王从水帘洞中一跃而出,手指巨灵神大喝道:"你是哪路毛神?胆敢到此捣乱?"

巨灵神打量猴王如此矮小,大笑道:"你这小小毛猴,竟然大胆反出天庭,赶快跪下受降,不然,我要扫平你这花果山!"

猴王道:"你这毛神有何本领?口出这等狂言?"

巨灵神又大笑道:"小毛猴!要看俺的本领吗?今天和你比试比试,我看你这小小毛猴,也经不起俺这大锤。"他随将双锤放到地上,准备徒手来捉猴王。

这时,埋伏在四处的众猴一哄而上,他们有的跳上巨灵神肩头,有的钻到巨灵神腰下,上下左右,乱抓乱打起来,巨灵神左挥右扑,前踏后抓,处处落空,猴子伶俐非常,一阵打过,弄得巨灵神眼冒金星,暴跳如雷!猴王从耳中取出金箍棒来,一棒打痛了巨灵神的鼻子。巨灵神大怒,抡起大锤来打猴王,猴王见锤就躲,得空就打,弄得巨灵神招前失后,一连吃了几棒。

巨灵神渐渐招架不住,猴王趁势打落他的双锤,竖起这三万六千斤的如意金箍棒来,如泰山压顶般把巨灵压倒在下。群猴齐上,一阵乱打。猴王收棒,一脚踢开巨灵神,放他狼狈逃去。

李天王在空中看个仔细,大怒起来,摇动令旗。三太子哪吒应令出战。他手拿银枪,背挎乾坤圈,脚踏风火轮,大叫:"妖猴休得猖狂,俺哪吒三太子来也!"持枪向猴王刺去。

猴王轻轻闪过,以棒架枪,笑眯眯地道:"哎呀!你是哪家小孩儿?俺齐天大圣可舍不得打你。"

哪吒怒冲冲地道:"你有何本领胆敢自称'齐天大圣'?先吃我一枪!"

猴王又架住哪吒银枪,笑眯眯地道:"小哥哥!赶快回去告知你那玉帝老儿,答应俺这个'齐天大圣'的称号便罢,如若不然,定要打上他那凌霄宝殿!"

哪吒大怒骂道:"妖猴休要胡言乱语……"举枪便刺。猴王与哪吒又厮杀起来。

哪吒杀得性起,摇身变作三头六臂去捉拿猴王。猴王将身一纵,化作擎天巨人,把哪吒的威风压了下去。

哪吒忙把风火二轮放出,去烧猴王。可猴王已不知去向。

哪吒忙将风火二轮收回,却滚来三只轮子,但见他刚踏上两轮,不禁失声大叫:"哎呀!"

原来猴王化一火轮,烧伤了哪吒脚底。

哪吒大怒,放乾坤圈来打"火轮",猴王立即回复原形,一手接着乾坤圈,一手执棒打落哪吒手中银枪,哪吒摔倒在地。猴王哈哈大笑,放他翻身抓回枪,慌忙乘了独轮,一拐一拐地败逃回阵。

那猴王顺手以金箍棒穿起这丢失的风火轮,掷回天兵阵里,天兵天将慌作一团,匆促败走。

猴王领了众猴看着狼狈逃窜的天兵天将,高兴地大笑起来。

那李天王拨开乌云,恶狠狠地向着猴王叫道:"你不要高兴得太早! 我定要扫平你这花果山!"

猴王大笑答道:"只要你还敢来! 俺老孙等着奉陪你!"

八、老金星老谋深算

一派仙乐悠扬,玉帝乘坐云辇在众仙簇拥下,徐徐前来。

御花园里,凤凰仙子在辇前起舞,忽而原形,忽而仙装,灵芝仙子手捧玉盏,在花丛中采集仙露,将玉露送至玉帝面前。玉帝手捧玉盏,悠闲地看舞品露。

突然,一团乌云匆匆滚来,原来是李天王前来报警。他来到玉帝辇前奏道:"启禀万岁! 臣奉命前去捉拿妖猴,不料妖猴法术高强,哪吒、巨灵神不能取胜,望万岁再加兵将!"

玉帝听了默然不乐。他把袍袖一甩,仙乐顿断、妙舞烟消。他沉默半晌,问道:"这么多兵将,竟然打不胜一个妖猴? 还要再加兵将?"

李天王尴尬地低头无语。

太白金星在旁急忙上前答话:"万岁! 老臣早已说此猴精有七十二般变化,神通实在不小,不如将计就计,给他个'齐天大圣'的虚名,养在天上,驯服野性。"

玉帝沉思片刻,迟疑地道:"好倒是好,只是日子久了,又要生事!"

李天王乘机奏道:"要免生事,只有斩草除根!"玉帝看了李天王一眼,李天王低头后退。玉帝转对金星道:"还是太白金星之策为高,就把王母的蟠桃园让他看管,借此驯服野性,若再闹事,就地擒拿!"金星欣然自得,再次驾云往花果山去了。

九、金星再下花果山

花果山上,众猴处处巡视,戒备。猴王坐在山石旁边正与小猴嬉戏。一阵喧嚷声从山巅传来,只见一小猴戴了太白金星的帽子,骑在一胖大猴子身上。另一猴子用拐杖顶着太白金星的靴子,举得高高的。后面几个猴子把太白金星四脚朝天地平抬过来。一个小猴子拿着太白金星的拂尘,边跑边叫道:"大王! 大王! 我们捉到奸细啦!"

猴王命令:"快把奸细带过来!"

太白金星狼狈不堪地死抱着诏书不放。他见了猴王,如同遇到救星似的,连呼:"大圣! 大圣! ……"猴王定睛看是老金星,笑道:"原来是你!"转身坐到石上问道,"老头儿! 又来作甚?"

太白金星连忙整理衣冠,众猴还他靴、帽、拂尘,只见他手捧诏书,郑重其事地道:"大圣！我奉玉帝之命,特来请'齐天大圣'上天赴任!"

猴王听到玉帝二字,马上恼怒道:"什么玉帝之命,休在俺老孙面前提起!"金星听了一愣,几个小猴子趁空上前抢去了诏书,你争我夺地撕个粉碎。

太白金星眼看着,也无可奈何。他苦笑着走近猴王道:"上回都是马天君冲撞了大圣,玉帝已处罚了他!"

猴王接口道:"早该如此!"

太白金星又走上一步道:"啊！大圣！这次,玉帝封你为'齐天大圣',那就赶快上任去吧?"

众猴听说如此,跳跃欢呼起来:"玉帝老儿封我们大王为'齐天大圣'啦,我们大王是大圣啦!"

猴王却转身逗弄小猴子,丝毫不理太白金星,弄得太白金星好不尴尬。

太白金星见光尴尬不是个事儿,转儿灵机一动,借题发挥道:"这花果山……好倒是好,可是……比起那天上的蟠桃园来……可就差得远啦!"

此话果然引起猴王注意,他忍不住道:"老头儿！什么蟠桃园比得上我们这花果山?"

太白金星凑近猴王道:"大圣！那王母的蟠桃园,乃是天上第一仙景,景色之美丽,是无可比喻的！这次玉帝特意把蟠桃园归你所管。这么好的去处,大圣,你不去看看吗?"

一番话说得猴王好奇心动,说道:"且慢,等一等！待俺老孙想想"又点头道:"好,好,好,俺老孙就随你到蟠桃园去看看。"转向众猴道:"孩儿们！待俺上天安排停当,回来接你们上天玩玩!"

金星见游说成功,洋洋得意笑了起来。

一片仙乐声中,太白金星陪了猴王从凌霄殿走出。猴王穿了丝绣华丽的"齐天大圣"服,上了云辇,转身问道:"老头儿,那蟠桃园在什么去处?"

太白金星手指前方道:"大圣你看！那边闪闪红霞、灿灿祥光处,就是蟠桃园所在。"

猴王率众前行。太白金星目送猴王远去,又得意地微笑起来。

十、蟠桃园大圣偷桃

一朱砂大门,上书"蟠桃园"三字。猴王到此跳下云辇,左右环顾无人,正要推门进入,看园的土地老儿从地下钻出,迎接猴王。那猴王随土地老儿入得园来,见一片紫霞笼罩,真是个优美典雅的所在,随即到处游看起来,忙得土地老儿在后面追赶不上,大叫:"大圣！等一等！等一等!"好容易追了上来,土地道:"啊,大圣！这桃园很大,还是小老儿引导前去为妥。"随即带领猴王来到一片桃林中,但见碧叶红桃,结满枝头,土地道:"这片桃林是三千年一开花,三千年一结果。人若吃了,可以长生不老!"

猴王立刻反问道:"怎么？吃一只桃子可以长生不老?"

土地连声答道:"是是是,可长生不老!"

猴王眼盯着这些熟透的桃子迟迟不走。

这时土地指指前面道:"大圣！你看!"

只见前面又有一片桃林,树高枝粗,绿荫繁茂。桃子都是粉身红嘴,硕果累累,结满枝头。猴王禁不住上前抚摩玩弄。土地道："大圣！这片桃林是六千年一开花，六千年一结果，人若吃了，可以立地成仙。"

猴王不禁惊喜地道："啊！有这大好处？吃一只桃子可以成仙得道？"

土地回答道："正是这样！"

猴王此时已是忍耐不住，就脱去帽子，卸了官服，蹿上树去道，"待俺老孙尝尝！"说着就要伸手摘桃……

土地老儿急忙叫道："啊！大圣，这可使不得！使不得啊！这些仙桃都是王母开蟠桃盛会用的。到那时候，还有九千年的仙桃哩！那时，大圣！你可以痛痛快快地吃啦！"

猴王跳下树来，急忙问道："土地老儿，这蟠桃园中还有哪些桃林，快快引俺老孙查看！"

土地随即招手道："大圣！你来看！"手指前方。猴王顺手看去，见前方一片高大绿荫，围墙环绕，里面祥光紫气缭绕着。

猴王问道："这是什么去处？"

土地老儿凑近猴王郑重地道："大王，这围墙里面又是一片桃林，这片桃林，非同小可，是王母的贵重宝物。它九千年一开花，九千年一结果，人若吃一只桃，可与天地同庚、日月同寿。"

几句话把猴王说得馋涎欲滴，抓耳挠腮，不能自持。他对土地道："老孙知道了，待俺自己前去查看，你也好去休息休息！"顺手推着土地走去。土地老儿转了一转，打个呵欠，缩身化作一缕青烟去了。

猴王纵身跳进桃林，只见株株树干粗壮，枝叶繁茂，所结之果更是硕大无比，有的像琥珀绯玉，有的像水晶映辉。喜得猴王东张西望，便纵身跳上一高大桃树，自语道："好一个王母，这么多仙桃，俺老孙吃它几个，有何不可？"随手摘下一只大桃，又自语道："什么蟠桃会上再吃？俺老孙现在就来尝尝。"便一连吃了三只大桃。

那猴王吃了仙桃，感到一阵懒洋洋，引来睡意，便伸伸懒腰，向枝叶繁密处躺下，使了个缩身法儿，将身子缩成寸把长，拉片桃叶作被，呼呼地睡着了。

十一、识骗局大圣发威

天空彩云似锦。七仙女如一条彩带，飘荡飞来。她们提着花篮，且歌且舞飞来。

歌道：

王母宴琼瑶，

四海三山群仙到，

奉纶音御旨，

摘取仙桃。

行行不觉桃园到，

望枝头绿妖娆……

七仙女飞至桃园门口，土地老儿赶紧出来迎上前去，施礼道："参见众位仙姑，小老儿未曾远迎，有罪！有罪！"

黄衣仙女道："这老头儿老是这多礼节。好啦！我等奉了王母旨意，为蟠桃会采摘仙桃,快带我们摘桃去吧!"

土地连忙摇手道:"轻声! 仙姑,今年可不比往年! ……"

众仙姑问道:"怎么啦?"

土地轻声道:"玉帝现命'齐天大圣'掌管桃园。有人进园摘桃,必先禀他知道。"说完就要进园,忽又转回道,"请仙姑稍等片刻。我去禀告大圣!"

众仙女大为扫兴,那红衣仙女问道:"什么'齐天大圣'?"

土地老儿立即答道:"就是那……"

话未讲完,众仙女七言八语地议论起来:

"王母的蟠桃园,我们来此摘桃。怎么由他来管?"

"什么'齐天大圣'? 怎管了我们摘桃?"

众仙女不管土地阻拦,向大门冲去,土地老儿想拦住,众仙女身体灵便,一个个冲进园内去了。土地只好叹口气道:"好吧,等大圣来时,我再说明便是了。"

仙女们进入桃园,一面飞舞接戏,一面选摘仙桃。只见园内树大叶密,花多果少,寻找几处,多半是些半红不熟的桃子。黄衣仙女正在诧异,只听红衣仙女在远处叫道:"姊妹们!快来,这里有大桃!"

众仙女过来,见她拉着桃枝,在采摘一个大桃。枝叶一闪,猛然看见桃叶下边睡着一个小猴。

仙女们惊叫一声,枝叶一抖,惊动了猴王,猴王立即回复原形,大喝道:"什么人? 来此作甚?"

黄衣仙女道:"我等奉王母之命,来采仙桃。为蟠桃盛会准备果品。你是何人?"

猴王听她说到王母和蟠桃会,转怒为喜地笑道:"俺就是齐天大圣,有趣,有趣,但不知这蟠桃会上都是请的哪路神仙?"

众仙女抢着回答,这个说:"有太上老君。"那个道:"有南海观世音。"

猴王边听边屈指计算着点头。

又一个道:"有五百罗汉。"

猴王皱起眉头,不断察看众仙女神色。

众仙女还在七嘴八舌报着:"上八洞神仙!""中八洞神仙!""下八洞神仙!"

猴王收敛笑容,圆睁怪眼,截住仙女们的话语,大声问道:"还有哪些?"

黄衣仙女道:"很多! 很多! 天上神仙都邀请了,连那下界的东海龙王……"

猴王早已忍耐不住,大声喝道:"住口! 难道没有俺齐天大圣的席位?"

众仙女一愣,诧异地相互看了一下,突然,吃吃地笑了起来。那红衣仙女笑向众仙女道:"什么'齐天大圣'? 一个管桃园的猴头,妄想去瑶池赴会! 真是做梦!"接着七仙女前仰后合地笑了起来。

猴王气得咆哮如雷,大声骂道:"好一个玉帝老儿,三番两次欺弄俺老孙。俺与你誓不两立!"

众仙女见他直骂玉帝,吓得夺路便逃,腾空飞起。

猴王望空一指道:"俺老孙不怪你们,待俺前去看个究竟,再作道理。现在可要暂时委屈你们一下了！"随即使个定身法儿,把那七仙女定住了。那仙女一个个像剪纸一般固定在空中不动。

猴王怒气冲冲地向瑶池飞去。

十二、大圣大闹蟠桃会

猴王向瑶池飞去,飞越层层牌楼回廊,玉树仙桥。只见前方好一片金光灿灿,祥云环绕,金镶玉砌,华贵无比。如此景色,使猴王神往,暂消去刚才那股怒气,自语道:"好个瑶池宝宫,倒是个好玩的地方,今天俺老孙倒要游逛游逛,再作道理！"说罢将身子一摇,使了个隐身法儿,若隐若现地飘然而去。但见瑶池宝宫到处金碧交辉,宝光闪动。有一玲珑山石,上刻"瑶池"二字,光灿夺目。

猴王正在山顶嬉戏,忽然传来一阵"叮叮当当"之声,猴王循声寻去,来到瑶池大厅,只见大厅中张灯结彩,众仙官来往穿梭搬送酒肴。席上摆的尽是龙肝、凤髓、珍奇仙果。猴王嘴馋起来,顺手拔下几根毫毛向空中吹散,立时化作无数个瞌睡虫儿,向着众仙官嗡嗡地飞去。

瞌睡虫儿在仙官们头上团团飞绕。仙官们顿觉眼皮沉重,哈欠连天,睡意甚浓,脚步也蹒跚起来,身不由己地倒头便睡。霎时间,瑶池大厅里;众仙官横躺竖卧,鼾声如雷。

猴王现了原形,一跃坐到瑶池大厅的首位上去,大杯斟酒,一饮而尽。他醉眼朦胧地道:"玉帝老儿听着,你眼里没有俺齐天大圣,今天这瑶池会上,俺老孙倒坐了个首位！玉帝老儿！赶快给我斟酒！"随后又以脚示意,"王母！快送仙桃来！"说罢又痛饮起来。饮完酒杯一掷,转身跃到左边首座上,又大杯大杯猛喝起来。边喝边道:"玉帝老儿！俺齐天大圣面前可没有你的席位！"随之一脚,将席上酒肴扫落个干干净净。立即又跳上右边首座叫道:"王母！今天要让你这蟠桃盛会开得更热闹些！"伸手掀翻席位。

猴王随心所欲地在各个席位上跳来跳去,饱吃痛饮,又回到首座抱坛痛饮。只吃得两眼迷离,醉意沉沉。迷迷蒙蒙中见酒器化作小猴子了。猴王忙招手叫道:"来来来！孩儿们！来吃一杯！"小猴子待在那里不动。猴王性急,伸手向前抓去,抓了个空。定睛一看,小猴子不见了,是一片酒器狼藉。

猴王看到肴酒果品还很多,便道:"有这么多好东西,正好带回去给孩儿们尝尝！"随即拔根毫毛,吹口仙气,化作一个锦绣乾坤袋儿。这袋儿向大厅席位飞去,所到之处,席上酒肴果品,纷纷投入袋中了。

猴王随手将乾坤袋扎在腰间,踉踉跄跄就走,边走边自语道:"回……花果山去……！"

十三、兜率宫大圣盗金丹

猴王醉眼迷离,驾云而去。他左转右旋不辨上下,竟然驾云向上飞去。正行之间,忽然眼前一片黑森森,猴王定睛看去,原来是"兜率宫"三字匾额挡住去路。他惊疑自语道:"啊！怎么来到这太上老君的洞府?看这里倒也清净,俺老孙正好进去玩玩。"

兜率宫中门大开,猴王步入宫中,宫中阴森寒冷,空旷无人。猴王脚步蹒跚地边走边喊道:"老头儿！老头儿！"只有隆隆地回音,无人应声。

猴王四处张望,望见左侧下有一耳房,上书"丹房"两朱红篆字。猴王大喜道:"哈哈……今天是俺老孙有缘,来到此处,倒要去见识见识这太上老君炼丹的地方。"跃入丹房。

丹房正中放着紫铜炼丹炉,炉内余火未熄,闪动着忽红忽紫的光焰。

猴王跃上丹炉,打开炉门,一阵烟火喷射出来。随之,一粒粒耀眼金丹向外飞出。猴王急忙用手去接,只抓到一粒,滴溜溜在手心旋转,一个不当心,金丹从指缝间滑落下去。

猴王一愣,还来不及去拾,金丹在地上跳了一跳,入地不见了。

猴王好不失望,这时望见炉后倒放一口大钟,钟上有一笺帖写着"玉帝御用金丹"六字,猴王探手钟内,取出一朱红色葫芦来。

猴王拔去塞盖,里面闪着丝丝金光,飘出缕缕异香。猴王倒出一粒金丹,放入口中,乐得舒眉眯眼,仔细地品起味来。

猴王把金丹大把大把地倒在手中,像吃炒豆般吞嚼起来,吃得兴起,索性躺到青石台上,将葫芦口对着嘴儿倾倒起来,把金丹吃了个一粒不剩。顺手把葫芦丢到墙角,接连打了三个喷嚏,酒醒神清了不少,自语道:"哎呀呀!俺老孙这回闯的祸不小,赶快离开,回花果山去,再作道理!"动身要走,忽又想起什么,左寻右找,抓起锦绣乾坤袋儿,悬在腰间,便飞出兜率宫去了。

十四、猴王大开仙酒会

水帘洞内,猴王高坐在宝座之上,众猴围坐在旁。猴王取出乾坤袋,向厅堂中间一抛,乾坤袋转了几转,自行松开袋口,那些仙酒、仙肴、仙果,一盘盘,接二连三地飞到众猴的座上。众猴惊喜,纷纷接酒分果,吃喝起来。一时间水帘洞里欢声雷动,好不痛快。

这时几个老猴向猴王敬酒,小猴也跟着学样,引得众猴大笑。

猴王乘兴拿起一只仙桃向空中抛去,只见仙桃在空中停立不动。众猴正在奇怪,仙桃一变为二,二成为四……顷刻间,空中出现无数个仙桃。转眼间,仙桃生叶,叶外生枝,枝连树干,落地生根,立刻成了一棵枝叶繁茂的大桃树。

众猴看得发呆,半晌,才齐声欢呼:"仙桃树!仙桃树!"

猴王举手道:"孩儿们!这是王母送来的仙桃!吃了可以长生不老!快吃仙桃吧!"

众猴纷纷跃上桃树,采桃、传桃,兴高采烈地大嚼起仙桃来。

众猴摘了一个最大的桃子,传递献给猴王。猴王接果吃酒,放声大笑。

十五、瑶池宫混乱阴沉

瑶池宫中,杯盘狼藉,一片混乱。前来参加蟠桃会的众仙面面相觑,呆若木鸡。那些仙官仍然横七竖八地倒卧在地上熟睡着。

玉帝怒声骂道:"这这……成何体统!"

王母气得说不出话来,直顿手中的龙头拐杖。

此时,只见七仙女急急奔入,跪下哭诉道:"启禀王母!那妖猴好生无理,他听说蟠桃会上无他的席位,就大骂玉帝和王母!……"

玉帝惊呼:"啊——!"

又听值殿灵官报道："太上老君到！"

太上老君急促进前奏道："启禀万岁！贫道为万岁所炼九转金丹，被妖猴偷吃得一干二净！那妖猴已逃往花果山去了！"

玉帝气得说不成话："这……这这……"

王母也惊呼："啊！金丹……？"

玉帝正待发作，只见纠察灵官匆匆进殿禀道："启禀万岁！现已查明，偷吃仙桃，偷吃仙酒，大闹蟠桃会，都是齐天大圣一人所为！"

玉帝发怒道："好大胆的妖猴！这……这这简直是造反啦！"随即高声叫道，"李天王听令！"

李天王急步上前应道："臣在！"

玉帝传令道："命你带领四大天王，九耀星君，十二元辰，二十八宿及十万天兵天将，撒下天罗地网，去花果山捉拿妖猴，不得有误！"

李天王高声应道："得令！"

十六、老君暗算擒大圣

一面凌空飘扬的"齐天大圣"旗，高悬在花果山上。猴王高坐在练兵场上，众猴兵猴将，严阵以待。

霎时间，天空乌云压顶，雷电交作，天门开处，闪出九耀星君，直下阵前挑战。猴王一跃上前，手执如意金箍棒，一路打去，那九耀星君哪是他的对手，败阵而逃。

忽听半空中大喝一声："妖猴休得猖狂，还不俯首就擒！"猴王闻声抬头看去，只见四大天王如四座山似的压顶而来。

拿剑天王首先对猴王袭来，经过三五回合较量，这天王突然跳出圈子，向空中举起宝剑，只见宝剑在空中光芒四射，滴溜溜旋转开米。霎时，这光芒化作千万支小箭，向猴王射来。

猴王不慌不忙地拔下一撮毫毛，向空中一撒，立刻化作千万只盾牌。只见小箭击在盾牌上，铿锵作响，纷纷落地，那把举在空中的宝剑，被挫得断缺不堪，拿剑天王收了残剑，匆匆败逃下去。

琵琶天王与拿伞天王双双来战猴王，掩护那拿剑天王败逃。

琵琶天王一言不发对着猴王弹起琵琶来，猴王好生奇怪，众猴兵亦觉有趣。只见琵琶音波一圈圈扩展开来，音波荡漾到猴王身上，猴王立时感到站立不稳，头重脚轻，小猴子也一个个头晕眼花，纷纷跌倒在地。拿伞天王看到此处，立刻把宝伞抛出，只见宝伞在空中溜溜旋转，猛地张开，里面吐出几道青光，青光像旋风般围着猴王及众猴转了几圈，把猴王及众猴卷入伞中去了。那伞"噗"的一声，自己收拾起来。俩天王点头相看，得意狂笑，扎起伞来就走。

猴王在伞内，只见一片昏暗，众猴都昏迷不醒，猴王几次以金箍棒捅伞，却无论如何捅它不破。随用毫毛化一神锉，几下将伞穿个透明窟窿。众猴得见天光，如梦初醒，随猴王一个个从伞内钻出，那天王却全然不觉。

猴王坐在伞顶，看着众猴都已逃出，猛然跳下，从天王手中夺下琵琶，对着两个天王用力弹了起来。天王大惊，想要制止，早已晚了，这琵琶声波一圈圈、一环环地扣到两个天王身上，看着他们支持不住，摇摇晃晃倒了下来。

这时拿蛇天王迅速赶来，掩护了俩天王逃下，接战猴王。他放出手中巨大恶蛇，口吐毒焰，猛向猴王扑来。这恶蛇头上一颗绿莹莹明珠，光芒四射。猴王腾地跳上蛇身，与蛇搏斗起来。

那恶蛇翻腾咆哮，猛扑乱咬，十分凶恶。猴王机灵巧妙，使恶蛇招招落空。经过几回翻，腾，滚，扑，恶蛇咬猴王不着，渐渐显出精疲力尽。这时猴王趁机蹿上蛇头，摘下蛇头上的明珠。恶蛇失去明珠，顿时瘫软而死。

至此，四大天王统统败下阵去了。

李天王在云海宝帐，鸣锣击鼓，挥动令旗，传令道："各路神将听令：令十二元辰到花果山前埋伏，令二十八宿到花果山后埋伏，令梅山八怪速请二郎神同去捉拿妖猴。不得有误！"

只见各路神将耀武扬威，分头驾云，渐渐远去。

这时，万里长空阴暗寂静。突然，冒出三点金光，闪闪齐射，顿见二郎神双眉倒竖，三目微睁，远远奔来。三点金光原是他的神目闪光。他手执金戟，盛气凌人，用手一指，哮天犬便从他身后蹿出，张牙舞爪向猴王扑来。猴王左闪右躲，使哮天犬近身不得。

猴王趁势取出金箍棒，逗弄哮天犬，逗腻了，便扬棒把哮天犬挑起，在空中旋转几圈，猛地摔下，飞起一脚，踢得那犬怪声惨叫，夹尾而逃。

二郎神大怒，举起三尖两刃刀，向猴王劈来。猴王以棒相迎，两个杀得难解难分。

这时梅山八怪齐来助阵，一哄而上，将猴王团团围住。美猴王使了个分身法，立刻出现了几个猴王接战梅山八怪。

天兵擂鼓呐喊，齐往花果山冲去。群猴早有准备，与天兵厮杀在一起。

此时猴王打败了梅山八怪，仍与二郎神酣战不休。

天兵声势浩大，一时间天火、飞箭压顶而来，群猴抵挡不住，纷纷败逃回洞。

猴王在与二郎神酣战中，遥望众猴阵脚已乱，无心恋战，随手将金箍棒一竖，化为一块巨石，立在那里，二郎神赶到，没注意被巨石压倒在下。猴王趁机远去。

二郎神翻开巨石，紧追猴王，赶上后用戟猛刺下去，不料猴王早已隐身遁逃，气得二郎神"哇呀呀……"怪叫不止。

猴王来到花果山前，被十二元辰拦住去路，不得回山入洞，便又奋力挥棒杀开一条血路，突围而去。

这时，玉帝在天空督师观战，左右有太上老君与金星等护卫，看到二郎神与天兵得势，捻须得意微笑。

天兵天将与二郎神向猴王步步进逼，渐渐缩小包围。猴王机智地摇身一变，化为一只红头麻雀飞去。

二郎神匆匆赶来，不见猴王踪迹，正在到处寻找，忽见树上一红头麻雀在跳叫，立即认出是猴王所变，随即张开双臂，化为一只饿鹰，追扑过去。

饿鹰穷追麻雀,眼看就要追上,忽见麻雀飞快地坠落,化为一条鲫鱼,钻进溪流中去。

二郎神立即化为一只白冠鹭鸶,去捉鲫鱼。

鲫鱼一跃上岸,又化为一只红顶仙鹤。

二郎神急忙赶来,化为一只黑狼来追咬仙鹤。

仙鹤又化为一只红豹,反身扑咬黑狼。

二郎神忽又变为一只吊睛猛虎,从空中扑来,把红豹压在身下。猛虎张了血盆大口,就要去咬红豹。

不料红豹突然化作一只卷毛雄狮,霍地站起,一掌把猛虎打昏了。

猴王打昏了二郎神,立刻回复原形,向深山幽谷中飞去。

二郎神醒来见猴王已走,气得"哇呀呀……"怪叫,奋起直追而去。

猴王来至深山幽谷中一片平坦地面,化作一座碧瓦红墙的土地小庙。但一条尾巴无法安排,索性变成一根旗杆竖在庙后。

二郎神左寻右找,毫无猴王踪影,却见一座小庙矗立在那里,旗杆竖在庙后,不禁暗笑,便举戟去捣小庙。猴王立即回复原形,又与二郎神恶斗起来。

玉帝在空中观战良久,见二郎神与猴王打得胜负难分,不禁摇头皱眉,闷闷不乐。

太上老君上前进谏道:"禀万岁!这妖猴果真厉害,单凭二郎神难以取胜,待贫道用法宝助他一臂之力,捉拿妖猴!"

玉帝转忧为喜道:"哦?!有何法宝,赶快用来!"

太上老君不慌不忙地从袖中取出一个青中透紫的钢圈,闪着点点宝光,向玉帝道:"此为老臣之金钢圈,不论哪路神仙,均可打他个百发百中!"随即骑牛执圈,一声:"去!"顺手将圈抛去。

那宝圈穿过云雾,旋转而下,一路上,金光闪烁,如万条金蛇,炫人眼目。

猴王与二郎神正打得难解难分,那钢圈在他头上连绕三遭,猛地打了下去,正打在猴王天灵盖上。猴王站立不稳,脚步踉跄,跌翻在地,正要爬起,却被哮天犬扑上来咬住衣裤,又跌了一跤,那钢圈转眼间化作一条捆仙索,把猴王捆了个结结实实,动弹不得。

猴王冷笑道:"你们只会暗地下手,背后伤人,算不得什么英雄好汉。"

十七、斩妖台玉帝束手

猴王被绑在斩妖台上,天兵天将四周严防。玉帝坐云辇,老君骑青牛,前来监斩,众仙云集拥卫左右。

玉帝得意地指着猴王骂道:"该死的猴头!这……就是反抗我的下场!"

猴王仰面对他笑道:"玉帝老儿,你的本领真了不起!对付俺老孙,你也只能靠阴谋暗算吧!"

玉帝大怒道:"好猴头!如今死到临头,还敢口出狂言!力士们!快给我速速处死!"

霎时间,一扇大铡刀从空而降,向猴王头上劈来,猴王闭目缩颈,等铡刀下来时,猛地向上一顶,"咔嚓!"一声,大铡刀崩断了。

玉帝圆睁怪眼道:"火神听令:快放神火。焚化猴头!"

火神随即腾空而下,张开火盆大口,对准猴王喷射。一团团烈火,霎时笼罩着猴王。

烧着烧着,只见猴王闭目张口,一团团烈火都迅速地被他吸入腹中。转眼间,只剩下些零星火苗。火神无计可施,猴王却急睁双目,鼓起两腮,向火神猛力喷去,一股强烈火焰直向火神扑去。顿时,火神的眉毛、胡子被烧个干干净净,狼狈怪叫,负痛逃窜。

玉帝大叫:"快放神箭!"

乌云滚动,千万支神箭铺天盖地而来。顷刻间,斩妖台被射得残破不堪,四分五裂,再看猴王时,他却靠着柱子,香甜地睡着了。

玉帝此时惊慌失措,颤声自语道:"这这……这如何是好?!"

太上老君奏道:"万岁休要烦恼!把妖猴交与贫道,我自有处决办法!我还要向他讨还我那金丹!"

玉帝点头应允。

十八、跳出八卦炉打上凌霄殿

众天丁把猴王推入丹房,老君急令风火童子打开八卦炉,把猴王推入炉中。老君围绕丹炉查看一番,用手指弹了弹炉壁,向里面的猴王打趣道:"猴头!炉子里的滋味可好吗?"

只听猴王在炉里答道:"老头儿!好热啊!好热啊!"

太上老君得意地笑道:"别忙叫热,我还没生火哩!"

太上老君吩咐风火童子:"赶快扇风吹火!"

两个风火童子,一执芭蕉扇,一执火葫芦,芭蕉扇扇动青风,火葫芦喷出烈焰。霎时八卦炉发出奇光异彩,那红、黄、绿、蓝、紫五彩神光循回闪射。

太上老君轻手轻脚走近炉前,以剑敲炉,打趣道:"我说猴头!这会儿,又怎么样啦?"

猴王在里面叫道:"老头!里面好舒服,好凉快呀!"

太上老君一惊,骂道:"猴头!到了这时,你还调皮耍赖!叫你知道知道我的厉害!"太上老君伸手从风火童子手中取过芭蕉扇,对准炉子恶狠狠地连扇三扇,口中念念有词,并深深吸足了气,向八卦炉吹去。

转眼间,八卦炉中火苗上蹿,把炉子烧得通红。由红变蓝,由蓝变黄,由黄变紫,最后成为青白色。老君上前伸剑试热,"唰"的一声,宝剑立刻炫化。在奇光异彩中,炉子闪耀出八卦字样来。

太上老君好不得意,再走近炉子向里面打趣问道:

"猴头!猴头!怎么样啦?"

听不到回答。

太上老君再凑近炉子叫道:"猴头,可舒服吗?"

里面仍毫无声息。

太上老君哈哈大笑起来,随即吩咐风火童子道:"徒儿们!这妖猴已化为灰烬!赶快熄火开炉!"

风火童子打开炉门,太上老君走上一看,只见黑乎乎炉膛里有两点金光闪动,自语道:"咦?炼来炼去,把这妖猴炼成两粒金丹啦!"便伸手入炉去取金丹。

只听太上老君"哎哟"一声,急忙将手缩回,浑身漆黑的猴王一跃出炉。

猴王出炉之后,将身一抖,抖去了身上积灰,顿时,猴王全身金光灿灿,一双火眼金睛,光芒四射。随即从口中喷出一股闷气,成为一阵金风将兜率宫的门窗匾额,吹得飘飘飞去,连两个风火童子也被吹出丹房。

太上老君吓得慌作一团,猴王牵了他的雪白胡子,嘲弄地问道:"老头儿! 还要俺老孙还你的金丹吗?"

太上老君惊慌挣扎,急想脱身,猴王"唰"的一声,从耳中取出金箍棒来,吓得太上老君拱手求饶。猴王道:"这回便放了你,俺老孙要找那玉帝老儿算账去!"一晃身子出了兜率宫,直奔凌霄殿。

猴王挥动金箍棒向凌霄殿一路打去。那些星宿天将、值殿灵官尽是猴王手下败兵,哪敢抵挡,个个逃避。

猴王打过玉石长桥,飞跨钟鼓二楼,众天将步步躲闪,节节败退,齐向凌霄殿逃去。

玉帝猛见猴王横冲直撞打进殿来,大惊失色,说了声:"不好! 众卿速保朕退走!"急忙下位逃避。那金星忙随玉帝从边门走出。

李天王大声叫道:"万岁放心暂避一时! 待为臣捉拿妖猴!"随即上前挡住猴王去路,大喝一声道:"妖猴休得猖狂! 看俺用法宝拿你!"随即将手中宝塔望空祭起。猴王看到宝塔在上空放出光彩,直向头上罩来。猴王并不躲闪,摆个架势,等着宝塔压下来。

宝塔"嗖"的一声,将猴王扣在塔下,李天王正要上前捉拿猴王,只见塔下金星飞冒,"嗡"的一声,宝塔碎裂。震得凌霄宝殿金阶错落,玉柱倾斜,匾额破碎。玉帝的龙墩宝座,滚到一旁去了。猴王在火光中舞棒打来。

李天王目瞪口呆,趁了浓烟密雾,脱身逃去。猴王跳到殿前,对着这摇摇欲坠的"凌霄宝殿"巨匾重挥一棒,打得个四散纷飞!

猴王胜利地大笑起来。

只笑得花果山重新绿茵繁茂,果实累累!

只笑得水帘洞重新清泉飞溅,长年奔流!

只笑得众猴儿起死回生,欢欣雀跃,重整家园!

一面"齐天大圣"的大旗,迎风飞扬,高入云端。

参 考 文 献

[1]　王华丽,张鹏等.动画编剧与导演[M].北京:清华大学出版社,2009.
[2]　王钢,张波.动画剧本创作及赏析[M].北京:清华大学出版社,2010.
[3]　王钢.动画影片分析——值得欣赏的五十部动画电影[M].北京:清华大学出版社,2013.
[4]　高思.动画剧本创作[M].北京:清华大学出版社,2013.
[5]　张晓梅.动画剧本创作[M].2版.北京:中国劳动社会保障出版社,2016.
[6]　范志忠,马华.影视动画编剧学[M].杭州:浙江大学出版社,2009.
[7]　周进,崔贤.影视动画非线性编辑技术教程[M].北京:清华大学出版社,2010.
[8]　李默.动画剧本编写[M].长沙:湖南师范大学出版社,2008.
[9]　悉德·菲尔德.电影剧本写作基础[M].北京:世界图书出版社,2012.
[10]　陈辞,束铭.动画剧本创作[M].南京:南京大学出版社,2014.
[11]　辛欢,牛雅莉.动画剧本写作[M].北京:北京师范大学出版社,2012.
[12]　贾否.动画创作基础[M].北京:清华大学出版社,2003.
[13]　张乐平.电视画面编辑教程[M].成都:西南交通大学出版社,2014.
[14]　房晓溪.动画原理与创作教程[M].北京:中国水利水电出版社,2011.
[15]　薛峰.动画故事与台本——动画前期编创研究[M].南京:南京师范大学出版社,2009.
[16]　朱雪,金鑫.动画剧本设计[M].上海:上海人民美术出版社,2014.
[17]　杨雄辉,田甜.动画剧本创作[M].哈尔滨:哈尔滨工程大学出版社,2015.
[18]　周宗凯,夏登江.影视动画创意[M].重庆:西南师范大学出版社,2010.
[19]　王守平.动画剧本创作基础[M].沈阳:辽宁美术出版社,2013.
[20]　马振龙,赵洪光等.动画剧本创作[M].北京:中国建筑工业出版社,2015.
[21]　陈龙.动画剧本写作基础[M].上海:上海交通大学出版社,2009.

图 书 资 源 支 持

感谢您一直以来对清华版图书的支持和爱护。为了配合本书的使用,本书提供配套的资源,有需求的读者请扫描下方的"书圈"微信公众号二维码,在图书专区下载,也可以拨打电话或发送电子邮件咨询。

如果您在使用本书的过程中遇到了什么问题,或者有相关图书出版计划,也请您发邮件告诉我们,以便我们更好地为您服务。

我们的联系方式:

地　　址:北京海淀区双清路学研大厦 A 座 707

邮　　编:100084

电　　话:010－62770175－4604

资源下载:http://www.tup.com.cn

电子邮件:weijj@tup.tsinghua.edu.cn

QQ:883604(请写明您的单位和姓名)

用微信扫一扫右边的二维码,即可关注清华大学出版社公众号"书圈"。

资源下载、样书申请

书圈